행복이라는 말이 없는 나라

한창훈 연작소설

행복이라는
말이 없는 나라

한겨레출판

차례

그 나라로 간 사람들

어제 완성한 망루가 오늘 아침 풍랑에 넘어졌습니다.

이곳 바람은 가히 살인적입니다.

소대장이 사령부로 보낸 첫 번째 전문이었다.

측량사와 마흔 명의 소대원이 본토와 멀리 떨어진 섬으로 온
이유는 앞으로 있을지 모를 국토분쟁에 대비하기 위해서였다.
국가는 병사들에게 장기 주둔이 가능한지 시험하라고 명령했
고 측량사에게는 섬의 크기와 높이, 각 지형의 특징을 파악하
도록 했다.

그들이 오기 전까지 섬은 수만 년 동안 무인도였다.

파도가 진지 안까지 쳐 올라와 모든 병사가 푹 젖은 채 잠을 자야 합니다.

이곳 파도는 가히 살인적입니다.

두 번째 전문이었다.

섬의 좌우로 급한 해류가 흘렀고 거센 바람과 만나 걸핏하면 풍랑이 일었다. 병사들은 부서진 진지와 막사를 다시 만들고 길을 보수하느라 날마다 초주검이 되었다.

측량사는 그동안 산을 측량했다. 산은 높았고 꼭대기에 커다란 분지가 있었다. 그곳에는 여러 가지 꽃이 피어 있었다.

'이런 곳에도 꽃이 피는구나.'

그는 꽃을 만지며 생각했다.

젖은 쌀을 말렸더니 갈매기가 달려들어 먹어치웠습니다.

어찌나 사나운지 전투라도 치러야 할 형편입니다.

이곳 갈매기는 가히 살인적입니다.

세 번째 전문이었다.

측량사는 벼랑과 갯바위를 측량했다. 바다는 푸르고 맑았다. 항구에서 본 것과는 전혀 달랐다. 한 바가지 떠다 끓이면 푸른 사파이어가 남을 듯했다. 떼를 지어 날아오는 물새는 바다 때문에 더욱 하얗게 보였다.

병사 하나가 정신이 이상해지기 시작했습니다.

어제는 돌멩이를 쌓아두고 자신의 무덤이라고 우기더니 오늘은 이상한 노래를 종일 불렀습니다.

딱히 방법이 없어서 꽁꽁 묶어두었습니다.

이곳의 외로움은 가히 살인적입니다.

네 번째 전문도 이랬다.

측량사는 늪지대를 측량했다. 돌아오는 길에 날이 저물었다. 막사 근처에서 그는 발걸음을 멈추었다. 밤하늘에 은하수가 흘러가고 있었다. 너무 맑고 또렷해서 빗자루질이라도 하면 후드

득 별이 떨어질 것 같았다.

그는 어렸을 때 천체물리학자가 되고 싶었다. 그러나 측량사가 되고 말았다. 별자리 대신 건물 지을 언덕의 길이와 넓이를 계산하며 살아온 것이다. 그래서 포클레인과 트럭과 착암기 소리를 날마다 들어야 했다.

그는 오래도록 밤하늘을 올려다보았다. 갈수록 별은 많아지고 밝아졌다. 별이 반짝이는 소리까지 들리는 듯했다.

병사들의 집단 전역 요구에 깜짝 놀란 사령부는 귀국을 허락하지 않을 수 없었다. 마침내 배가 도착했다. 짐을 챙겨 든 병사들은 시합하듯 서둘러 올라탔다.

측량사가 소대장에게 말했다.

"나는 남겠습니다."

"무슨 말이요? 나는 당신을 무사히 데리고 돌아가야 할 임무가 있소."

"이곳이 마음에 듭니다. 내가 이곳에서 살겠습니다."

소대장은 급히 마지막 전문을 쳤다.

측량사가 남겠답니다.
그를 두고 돌아가도 괜찮겠습니까?

사령부는 곧바로 허락했다. 국가 입장에서는 한 사람이라도 사는 게 이득이었다. 그렇게 해서 섬에는 측량사 한 명만 남게 되었다.

측량사는 이제 측량을 할 필요가 없었다. 그는 진지의 부서진 물건을 섬 안쪽으로 옮기기 시작했다. 괭이로 땅을 파고 기둥을 세우고 지붕을 만들었다. 라디오는 분해되어 귀이개와 손톱 청소기가 되고, 소대원이 버리고 간 실탄 박스는 화분이 되었다.

어느 날 밤 풍랑이 일었다.
다음 날 아침, 측량사는 배의 잔해 사이에서 쓰러져 있는 사내를 발견했다. 사내는 본토 출신 선원이었다. 둘은 친구이자 같은 주민이 되었다.

선원은 측량사의 노트에 끼워져 있던 클립을 구부려 낚싯바늘을 만들었다. 그런 다음 밧줄을 풀어 가늘고 튼튼하게 실을 꼬았다. 바늘에 조갯살을 끼워 던지자 커다란 민어가 물었다. 수영도, 낚시하는 법도 몰랐던 측량사는 그게 신기했다. 선원은 그에게 낚시하는 법을 가르쳐주었다.

두어 달 뒤, 이번에는 열다섯 명이나 되는 사람들이 구명정을 타고 표류해 왔다. 측량사는 그들에게 꽃이 피어 있는 분지와 늪지대와 밤하늘의 은하수를 보여주었다.

구조선이 왔을 때 여덟 명만 돌아가고 일곱 명은 남았다. 그들도 주민이 되었다. 사람이 늘자 집과 낚시채비도 늘었다. 밭을 더 만들고 늪지 근처에 큰 우물도 팠다. 마을까지 이어지는 수로를 만든 것도 그때였다.

강한 해류에 풍랑이 잦다 보니 조난해 오는 사람들이 계속 생

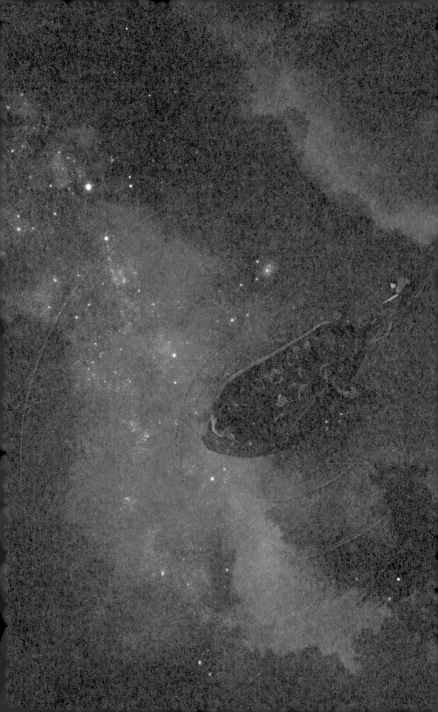

겨났다. 3년이 지나자 주민은 스무 명으로 늘어났다.

어느 날 가장 최근에 조난을 당했던 원주민 사내가 말했다.

"남서쪽 저만큼에 내가 살던 섬이 있습니다. 그곳에 내 아내와 아이들이 있습니다. 데리고 와서 같이 살고 싶은데 괜찮겠습니까?"

주민들은 회의를 했다. 원하는 사람은 살게 하자는 말 한마디에 모두 동의했기 때문에 회의는 오래가지 않았다. 그들은 산에서 가장 큰 삼나무를 베어 왔다. 그것을 켜고 이어 배를 만들었다. 군용 천막은 튼튼해서 돛으로 안성맞춤이었다.

원주민 사내는 자신의 가족뿐 아니라 마을 처녀들까지 데리고 돌아왔다. 측량사가 주었던 측량용 망원경을 닭과 염소와 바꾸는 것도 잊지 않았다.

몇몇 남자는 처녀들과 결혼을 했다.

닭은 알을 까고 염소는 새끼를 낳고 사람은 아이를 낳았다. 마을이 생겼다는 것을 알고 지나가던 어선과 화물선이 찾아오기도 했다. 그들은 물과 신선한 채소를 원했다. 주민들은 그것을 주고 필요한 물건을 받았다. 본토에 있는 가족을 불러오거나 친구를 초청하기도 해서 사람이 점점 더 늘었다.

측량사가 섬에 남은 지 10년째가 되자 주민은 여든 명으로 불어났다.

어린아이가 늘어 학교를 지었다. 사람이 많다 보니 글자와 셈법을 가르치는 선생도 나왔다. 약초를 찧어 약을 만드는 노파도, 그물을 유난히 촘촘하게 만드는 사람도, 국수를 잘 만드는 여인도 있었다.

그렇다고 사람 많은 게 다 좋은 것은 아니었다.

사람마다 개성이 다르고 의견도 달랐다. 새벽잠 없는 사람은 늦게 일어나는 사람을 게으르다고 나무랐다. 한 달 동안 계란을 하나도 먹지 못했다고 불평하는 사람도 생겼고 이웃집에서 너무 많은 물을 써버린 탓에 자신의 수로가 말랐다고 항의하는 사람도 나왔다.

큰 도시에서 살다 왔다는 사내가 말했다.

"이제는 법이 필요할 때입니다. 법을 만들어야 합니다."

법이란 게 무언가, 누군가 물었다. 사람들 사이에 지켜야 하는 약속과 같은 거라고 그는 답했다.

"약속이 필요하면 그때그때 하면 되잖소?"

"일일이 하기 귀찮으니 만들어놓자는 거요. 내가 살았던 곳에는 법이 2만 3000개가 있었어요."

다른 사내도 끼어들었다.

"내가 살았던 나라에서는 화장실 사용 시간에 관한 법도 있었어요."

다들 그렇게 많이 만들었다고 하니 몇 개쯤은 있어도 나쁠 것 없다고 사람들은 생각했다.

"그렇다면 우리도 만듭시다."

측량사는 사람들의 의견을 하나씩 적어갔다.

자주 보는 사이니 인사는 아침에 한 번만 하는 것으로 하자, 가 첫 번째 의견이었다. 끄덕이는 사람도 있었고, '그런 게 법인가?' 갸웃거리는 사람도 있었다. 배를 사용하고 나서 뒷정리를 안 한 사람에게는 마을 청소를 시키자는 의견도 있었다. 아직까지 셈법을 못 깨우친 아이는 차라리 낚시하는 법을 가르치자, 땅을 경작할 때 게으름 피우는 사람에게는 장작 열 단을 해오게 하자, 한낮에 낮잠 자는 사람들이 많은데 차라리 한꺼번에 자자, 는 의견이 더 나왔다.

적다 보니 너무 많아졌다. 측량사가 말했다.

"법이 너무 많으면 헷갈리기 쉬우니 딱 하나만 합시다."

사람들은 법이든 무어든 헷갈리는 것은 싫었기에 그러자고 동의했다. 그러나 그것도 쉽지 않았다. 모두들 자기가 중요하다고 생각하는 것을 하나씩 말했기에 법은 다시 수십 개가 되어버렸다.

하나만 만들기 위해 모두 끙끙대고 있을 때 누군가 말했다.

"우리의 삶은 바다에 의해 정해집니다. 남풍이 불면 비가 오고 동풍이 불면 파도가 거세지지요."

사람들은 그를 바라보았다.

"서풍이 불면 파도가 자고 북풍은 밤하늘에 별을 뜨게 하고요. 어디 그것뿐인가요? 밀물이 들면 밭을 갈고 썰물이 나면 가재와 게를 잡으러 갑니다."

"그래, 그게 어떻다는 거요?"

누군가 대꾸했다.

"바다가 우리의 법을 알려줄지 모릅니다."

"그렇다고, 바다가 시키는 대로 하자고 할 수는 없잖소?"

"생각해보면 좋은 법이 만들어질 겁니다."

주민들은 바다에 대해서 궁리하기 시작했다. 몇 시간씩 바다를 바라보기도 했다. 푸르다, 짜다, 깊다, 파도가 친다 정도의 특징밖에 알 수 없었다. 하루 이틀 사흘 나흘…… 그렇게 여러 날이 흘렀다. 그러는 동안 비가 내렸고 파도가 솟구치다가 잦아들었다.

깊은 관심은 끝내 해결책을 찾아내는 법이다. 바다를 바라보던 어린 주민 하나가 문득 손뼉을 쳤다.

아이가 말했다.

"바다의 특징은 잔잔하거나 파도가 치거나 똑같이 한다는 것이에요. 그제는 한 팔 정도의 파도가 쳤는데 모두 그 높이였어요. 어제는 가문비나무 높이만큼 치솟았는데 모든 파도가 그랬어요. 오늘은 보시다시피 똑같이 잔잔해요."

"과연 그렇군."

모여든 사람들은 고개를 끄덕였다.

"파도처럼 하면 되겠군."

드디어 그들은 법을 만들었다.

법은 이랬다.

어느 누구도 어느 누구보다 높지 않다

그들은 그 법으로 살았다. 어느 누구도 어느 누구보다 높지 않았기에 어느 누구도 다른 사람보다 낮지 않았다. 그들은 그 법이 마음에 들었다.

아침에 만나면 서로 손을 뻗어 어깨에 대는 것으로 인사를 했다. 그 인사는 '저는 당신보다 높지 않습니다'라는 뜻이었다. 아무도 법을 더 만들자고 말하지 않았다. 그것으로 충분했기 때문에 별다른 고민 없이 감자와 옥수수를 심고 생선을 잡고 열매를 주워 말렸다.

어느 날 국가가 보낸 배가 섬으로 찾아왔다. 선장이 말했다.

"이곳에서 곧 화산활동이 시작됩니다. 지진과 해일도 일어날 겁니다. 늘 국민의 안녕을 걱정하시는 우리 지도자께서 여러분을 속히 모셔오라고 지시했습니다."

주민들은 회의를 했다. 화산이 폭발하고 지진과 해일이 일어난다면 아무도 살아남지 못하기 때문에 회의는 오래 걸리지 않았다. 그들은 필요한 것을 챙겨 배에 올랐다. 그동안 만들어놓은 집과 밭과 우물과 학교가 텅 빈 채 남겨졌다. 사람들은 갑판에 서서 남아 있는 그들의 자취를 바라보았다.

그것은 천천히 멀어졌다.

배는 사흘 만에 본토에 닿았다.

항구에는 많은 사람이 마중 나와 있었다. 악대가 행진곡을 연주하고 예쁘게 치장한 소녀들이 꽃다발을 전했으며 시장이 나와 악수하고 포옹을 했다. 주민들은 의아했다.

환영식이 끝나자 관리가 그들을 중앙청사로 데려갔다.

관리가 말했다.

"그동안 우리나라 영토의 끝을 지키며 사느라 고생하셨습니다. 여러분 덕에 우리 국가는 넓은 해역을 지킬 수 있었습니다. 지질학자 말에 의하면 맞물린 두 지각이 서로 다르게 움직이기 때문에 화산과 지진이 일어난다고 합니다. 화산활동이 끝날 때까지 본국에서 편히 쉬시길 바랍니다. 우리 정부는 여러분의 안전을 최우선으로 삼고 있습니다."

사진기자들이 사진을 찍었다.

다음에는 고위 관리가 나왔다. 그는 관리가 했던 말을 되풀이했다. 사진기자들이 다시 사진을 찍었다.

마지막으로 지도자가 나왔다. 지도자도 관리가 했던 말을 그대로 했다. 사진 찍는 기자들은 훨씬 더 많았다.

지도자는 지금까지 있었던 과정을 전 세계에 전문으로 보내게 했다. 그 전문에는 지도자와 손잡고 있는 주민들과 섬 사진, 섬을 포함한 지도가 들어 있었다. 국토 분쟁이 일어날 소지가 있는 나라에는 세세한 내용까지 보내게 했다.

다음 날 관리는 주민들을 데리고 산업 시찰을 갔다.

그들은 커다란 굴뚝과 어마어마한 용광로, 끝이 보이지 않는 벨트컨베이어, 개미처럼 붙어 일하고 있는 사람들을 구경했다. 제철소, 자동차 공장, 비료 공장, 화학 공장 순서로 다녔다.

공장을 옮겨 갈 때마다 그들은 머리가 어지럽고 속이 불편했다. 한 사람이 참다못해 이렇게 외쳤다.

"정말 대단하오. 하지만 이게 우리와 무슨 상관이죠?"

관리가 대답했다.

"발전된 고국의 모습을 보시는 게 기쁘지 않나요?"

"커다란 공장과 아무 말 없이 일만 하는 사람들을 보는 게 어떻게 기쁠 수가 있죠?"

"조금 전에 보신 자동차 공장에서는 로봇들이 차를 만들잖습니까? 최근에 개발된 혁신 기술이죠. 외국에서는 모두 부러워합니다."

"기계가 기계 만드는 것을 왜 부러워하는 거죠?"

"공장이 싫다면, 이번에는 새로 단장한 축구 경기장을 구경하시죠."

"그곳에 가면 아이들이 공놀이를 할 수 있나요?"

"그것은 안 됩니다."

"그렇다면 이제 그만 우리를 놔주시오. 이 짓을 계속하다가는 죽을 것만 같소."

관리는 난감한 얼굴을 했다. 그의 업무가 없어져버렸기 때문이었다.

주민들은 비어 있는 학교로 안내되었다. 그들은 마당 한쪽에 닭장과 염소 막을 만들고 몇 개의 교실을 방으로 꾸몄다.

그곳으로 방송기자나 신문기자가 찾아왔다. 국민들이 아주 먼 섬에서 온 그들을 궁금해하기 때문이었다. 기자들은 이름과 나이를 묻고 사진을 찍어갔다. 주민들은 묻는 대로 답하고 요구하는 자세를 취해주었다. 하지만 정부에서 음식을 제공하겠다는 것은 거부했다.

"우리는 스스로 먹을 것을 만들어왔소. 이곳에서도 그럴 것입니다."

그러나 바다는 멀었고, 나무는 주인이 있어서 함부로 열매를 딸 수 없었다. 밭을 만들어 감자를 심는다고 해도 그걸 캐려면 몇 달이 걸렸다.

그들은 일을 하기 시작했다. 그들을 필요로 하는 일은 많았다.

가장 먼저 측량사가 쓰레기 치우는 곳에 취직했다. 사람들이 버린 쓰레기를 수거해 매립지로 옮기는 일이었다. 그 일을 하려는 사람이 없어 애를 먹고 있던 회사 사장은 몇 사람을 더 원했다. 그 덕에 상당히 많은 주민이 그 회사 직원이 되었다. 쓰레기는 결코 줄어들지 않았기에 실직할 염려도 없었다.

　파출부로 들어간 사람은 빵을 굽고 청소를 하고 설거지를 했다. 다른 사람들은 환자 목욕시키기, 가로수 정비, 심부름 같은 일을 시작했다. 아이들을 제외한 모든 사람들이 일을 할 수 있게 된 것이다. 새로운 숙소가 생긴 사람들은 떠나고 남을 사람은 남았다.

　월급을 받으면 저금을 했다. 음식 재료 사는 것 외에는 돈 쓸 곳이 없었다. 그중에는 돈이라는 것을 처음 만져본 사람도 있었다. 휴일이면 모두 학교로 모여들었다. 서로 손을 뻗어 인사 나눈 다음 간단한 점심거리를 만들어 뒷산으로 올라갔다. 그곳에는 널찍한 언덕이 있고 멀리 바다가 보였다. 그들은 두고 온 섬에 대하여 이야기하다가 배가 고프면 점심을 먹고, 그리고 가만히 앉아 바다를 바라보았다.

　"휴일에는 쇼핑도 하고 파티장에도 좀 다니지 그러세요."
　종종 찾아오는 신문기자가 말했다.

"그것을 하면 어떤데요?"

주민 중 한 명이 물었다.

"즐겁고 만족스럽죠."

"지금도 충분히 즐겁고 만족스럽습니다."

"어떻게 가만히 있는 것으로 만족을 하죠?"

기자는 이해가 되지 않는다는 얼굴을 했다.

"우리는 열심히 일을 했습니다. 오늘은 쉬는 날이죠. 그래서 이렇게 쉬고 있습니다. 물고기나 새도 활동을 하고 나면 쉬죠."

물었던 이가 답했다. 남은 주민들은 고개를 끄덕였다.

"글쎄, 제 말이 그 말입니다. 휴일이면 쉬는 것답게 쉬어야죠."

"이보다 어떻게 더 잘 쉴 수가 있지요?"

기자는 더 이상 할 말이 없었다.

그는 주민들이 무언가를 몰래 할 것이라고 생각했다. 그래서 돌아가는 척하고 약간 떨어진 숲으로 들어간 다음 카메라를 나뭇가지 사이에 숨겨두고 그들만의 비밀스러운 어떤 행위를 기다렸다. 그러나 기자의 노력은 수포로 돌아갔다. 주민들은 저녁

노을이 질 때까지 그곳에 앉아서 이야기하며 그냥 있었다.

어느 날은 법학자가 찾아왔다. 법학자가 물었다.

"그 섬의 법이 단 한 줄이라고 들었습니다. 어떻게 단 한 줄의 법만으로 살 수 있는지 아주 흥미롭군요."

"……."

"본토의 법은 음식을 훔쳐 먹은 사람은 음식값의 열 배에 해당하는 돈을 내거나 감옥살이를 해야 합니다. 그곳에서는 어떻게 하나요?"

"누가 배가 고파 찾아오면 나누어 먹죠."

다들 대답을 했기에 마치 합창을 하는 것 같았다.

"음…… 좋습니다. 개가 남의 집 정원을 망쳐놓으면 사흘 안에 말끔하게 보수해주는 게 이곳 법입니다. 그곳은 어떻습니까?"

"우리는 개를 야단친 다음 쓰다듬어줍니다."

주민들은 그렇게 답을 했다.

"음…… 이번엔 다른 것을 여쭤보죠. 서로 자기 땅이라고 이웃

간에 분쟁이 나면 국가가 나서서 조정을 해줍니다. 그곳에서는 누가 조정을 하나요?"

이번에는 아무도 대답하지 않았다. 질문의 내용을 이해하지 못한 것이었다.

"음…… 그럼 다툼이 일어나면 어떻게 합니까? 설마 사소한 다툼마저 없다고는 안 하시겠죠?"

법학자의 물음에 측량사가 답을 했다.

"흥분은 결국 가라앉기 마련이죠. 거센 풍랑도 언젠가는 가라앉듯 말입니다."

한동안 말이 없던 법학자는 결코 받아들일 수 없다는 표정으로 이렇게 말을 이었다.

"그게 다 주민 수가 적어서 가능할 겁니다. 이곳 본토의 도시처럼 사람이 많아지면 여러분 생각도 달라질 겁니다."

이번에도 아무런 대답이 없었다. 지금보다 주민 수가 더 많았던 적이 한 번도 없었기 때문이다.

시간이 갈수록 방송과 신문의 관심은 식어갔다. 반년이 지나고 1년이 지나자 찾아오는 사람이 아무도 없었다. 의심을 완전히 지우지 못한 신문기자와 섬 생활에 매력을 느낀다는 어느 부부만 간혹 찾아오는 정도였다. 사람들은 이제 그들이 있는지도 잊고 살았다. 그러나 주민들은 주말 모임을 한 번도 거르지 않았다.

그사이 아이가 하나 태어났다. 그들은 태어난 아이를 축복하고 이야기를 나누고 언덕에 앉아 바다를 바라보았다.

화산활동은 2년 동안 계속되었다.

어느 날 관리가 찾아와 화산활동이 마침내 끝났다고 전해주었다. 2년은 짧지 않은 시간이었다. 측량사를 비롯한 많은 사람은 여전히 같은 일을 하고 있었으나 몇몇은 변화가 생겼다. 한 사람이 옷감 장사에 재미를 보고 있었으며 그 사람의 아이는 피아노에 푹 빠져 날마다 배우러 다니는 중이었다. 본토 청년과 연애 중인 원주민 아가씨도 있었다.

주민들은 회의를 했다. 돌아갈 것인가, 말 것인가를 정하는 자리였다. 옷감 장수 가족과 연애 중인 아가씨 한 명을 제외하고는 모두 돌아가기를 원해서 회의는 길지 않았다.

지도자가 본토 출신들만 돌아가기를 원한다고 관리는 말했다. 다른 나라 사람이 뒤섞여 사는 것은 영토 문제에 이득이 없기 때문이었다.

만약 그렇게 해준다면 공병 부대를 먼저 보내 커다란 저택과 농장과 선착장을 만들어주고 그 외 필요한 모든 것을 마련해주겠다고 덧붙였다.

이 부분은 회의할 필요가 없었다. 어디 출신인가로 사람을 나눠본 적이 없기 때문이었다. 측량사는 답했다.

"우리는 그동안 저금한 돈이 충분하니 무엇을 사는 데 어려움이 없습니다. 다만, 올 때처럼 갈 때도 배를 한 척 내주면 고맙겠다고 전해주십시오."

자신의 업무가 잘 풀리지 않자 관리는 곤란한 표정을 지으며 돌아갔다.

"섬으로 되돌아간다면서요?"

신문기자가 다시 찾아와 물었다.

"그렇습니다."

"섬이 어떻게 변해버렸는지 아시나요? 용암과 화산재가 마을을 완전히 뒤덮었다고 합니다. 그런데 그런 곳으로 다시 가겠다는 말입니까?"

"그곳이 우리 마을입니다."

"용암이 바위로 굳어 괭이질도 못 할 정도일 거라고 들었습니다."

"맨 처음 시작도 그랬습니다. 또 시작하면 되죠."

그들은 씨앗과 가축과 한동안 먹을 식료품을 사서 배가 있는 곳으로 갔다. 간혹 찾아오던 부부가 합세했다. 올 때와 달리 환송하는 인파는 없었다. 남게 된 주민 네 명과 신문기자만 그들을 배웅했다. 그들은 그게 이상하지 않았다.

2년 만에 배는 섬으로 돌아갔다. 다음 날 기자는 이렇게 기사를 썼다.

네 사람을 남겨두고, 새로운 세 사람과 함께 그들은 돌아갔다.

단 한 줄의 법조문만 있는 그들의 나라로.

쿠니의 이야기 들어주는 집

공원은 수산물 가공 공장 뒤편 언덕 위에 있었다.

그곳에서는 바다가 잘 보였다. 쿠니는 남편과 헤어지고 이곳으로 왔다.

그녀는 그동안 '인사는 고개 숙여 할 것, 사람 눈을 정면에서 쳐다보지 말 것, 웃을 때는 입을 가릴 것, 맨발로 야생 염소처럼 뛰어다니지 말 것, 화장하는 법을 배울 것, 남편 이름을 함부로 부르지 말 것' 같은 것을 외웠다. '이곳에서는 모두 그렇게 해왔기 때문에' 그래야 했다.

그렇지만 따라 하지 못할 때가 종종 있었다.

자신에게도 몸에 밴 습관이 있기 때문이었다. 그럴 때면 원주민 습관을 버리지 못한다는 소리를 들었다. 무엇을 버린다는 것은 무언가를 새로 익히는 것만큼이나 쉽지 않았다.

남편이 말했다.

"당신과 나는 너무 다르군."

그것은 맞는 말이었다. 자동차가 달려오면 쿠니는 비명을 질렀다. 차에 치여 사람이 죽었다는 뉴스가 날마다 나왔다. 그러나 사람들은 쌩쌩 달리는 자동차 옆을 태연하게 걸어 다녔다.

호박벌이 날아오면 남편이 비명을 질렀다. 사마귀가 집에 들어와도 그랬다. 약을 뿌리느라 소동이 일었다. 쿠니는 그게 이상했다. 외워야 할 것이 자꾸 많아지는 것처럼 서로 이해하지 못하는 것도 늘어났다. 서로 다르다는 것은 두 사람을 결혼하게도 했지만 헤어지게도 했다.

"처음 보는 얼굴이군. 아가씨는 이곳 출신이 아니지?"

공원 벤치에 앉아 있을 때 어떤 노인이 물어왔다. 그녀는 그렇다고 대답했다. 공원에서는 선착장도 잘 보였다.

섬이 화산활동을 시작하기 직전 마을 사람들과 배를 타고 도

착한 곳이었다. 화산활동은 2년 동안 계속되었다. 그동안 그녀는 공공도서관 청소부로 일했고 한 청년과 사랑에 빠졌다.

마침내 화산활동이 끝나자 주민들은 되돌아갔다. 배가 출발한 곳도 저 선착장이었다. 그녀는 남아 청년과 결혼을 했다. 그리고 이렇게 혼자가 되어버렸다. 그때 함께 섬으로 돌아갔다면 어떻게 되었을까, 쿠니는 생각했다. 해보지 못한 것은 오래 생각해보아도 알 수 없었다.

"우리 아들도 바다 너머로 일을 갔다오. 제법 성공을 했다는데 돌아오지를 않아. 가족과 멀리 떨어져 있는 것은 참 괴로워."

"……."

"손자가 제법 컸을 거야."

수산물 가공 공장에서 점심시간 차임벨 소리가 났다. 푸른색 위생복을 입은 여자들이 우르르 쏟아져 나와 식당으로 들어갔다.

"난 5년째 혼자 살고 있다오. 아침에 먹던 것을 점심으로 먹고, 점심때 남은 것을 저녁때 먹고 있지."

'저도 결국 혼자가 되고 말았어요.'

그러나 쿠니의 말은 입 바깥으로 나오지 못했다. 노인은 말을 이었다.

"옛날엔 참 행복했어. 아내가 맛있는 음식을 차려주고 옷도 챙겨주곤 했으니까. 처녀 때 아내는 인기가 아주 좋았지. 꽃을 든 청년들이 늘 집 앞에서 기다리곤 했으니까. 마음을 사로잡으려고 내가 한참 고생을 했지. 결혼하고서 돈을 많이 벌었어. 승진도 빠르고 월급도 많았어. 이 금시계는 그때 산 거야. 지금 팔면 얼마나 될까?"

"……."

"시계만 있는 줄 알아? 고급 카메라도 있고 커다란 냉장고도 있고 비싼 나이프도 있어. 아니, 카메라는 작년에 팔았군. 원래 가격의 반도 안 주더라고. 난 자꾸 가난해지고 있어. 늘 어제보다 오늘이 더 가난해. 가난하다는 것은 참으로 괴로워."

"그렇다면 앞으로 남은 날 중에 오늘이 가장 부자잖아요."

쿠니는 대답하고 일어섰다.

"할아버지 말을 더 들어주고 싶지만 이젠 가봐야겠어요."

"어딜 가려고?"

"저 공장에 가서 일자리를 알아보려고요. 돈을 벌어야 해요."

노인은 주머니에서 종이돈 한 장을 꺼냈다.

"그렇다면 이 돈을 받고 내 말을 계속 좀 들어줘."

노인의 눈빛이 간절해서 그녀는 그렇게 했다. 그는 자신이 태어났을 때부터 이야기를 시작했다. 이야기가 끝나자 날이 저물었다. 말을 마친 노인은 편안한 얼굴이 되어 걸어갔다. 그러자 한 노파가 다가왔다.

"내일은 내 이야기를 들어주오."

다음 날 쿠니는 공원으로 다시 왔다. 노파가 기다리고 있었다.

그녀는 이십몇 년 동안 따뜻하게 재우고 먹이고 가르쳐서 아들을 번듯한 청년으로 키웠다. 그런데 한 아가씨가 나타나서 10분 만에 아들을 바보로 만들어버렸다. 지금은 이사 갈 집과 여름 휴가와 저녁 메뉴와 텔레비전 채널까지 모두 며느리 기분에 의해 정해지고 있으며, 공처가가 되어버린 아들은 자신을 아주 귀찮게 여긴다며 노파는 울었다.

"이제 마음이 좀 후련하오. 이 돈으로 저녁이나 사 먹어요."

쿠니를 찾는 노인들이 하나둘 늘어났다. 그녀는 매일 이야기를 들었다. 어쩌다 자리를 옮기면 그들은 공원 이곳저곳으로 그녀를 찾아다녔다. 쿠니는 공원 한쪽 느티나무 아래 벤치를 고정 자리로 정했다. 그리고 차와 찻잔을 준비했다. 팻말도 써 붙였다. 팻말은 이랬다.

'쿠니의 이야기 들어주는 집'

노인들은 끊임없이 '쿠니의 이야기 들어주는 집'을 찾아왔다.

그들은 먼저 세상을 떠나버린 아내나 남편, 자신을 제대로 돌보지 않는 자식들, 도중에 포기하고 만 어떤 시도나 공부, 허리와 다리와 어깨의 통증, 돈을 갚지 않고 사라져버린 옛 동료, 지금은 유명 인사가 되어 있는 첫사랑 소년, (사람들이 어리석은 까닭에 도통 귀담아 듣지 않는) 세상을 행복하게 하는 비법, 이

나라 지도자와 관리들이 지니고 있는 심각한 문제점, 15년 전에 잘못 만들어진 법률, 도심 한복판에 살고 있는 큰 부자의 비밀, 심지어는 50년 전에 잃어버린 강아지에 대하여 이야기했다.

쿠니도 처음에는 적당히 대꾸했다. 남의 말을 듣다 보면 저절로 그렇게 되는 법이니까.

"약을 꾸준히 드시는 게 좋겠군요."

"그냥 잊어버리는 게 낫지 않겠어요?"

그러면 말을 꺼낸 노인들이 쿠니를 노려보았다. 그 눈빛을 말로 바꾸면 '나도 알아'였다. 그녀는 입을 다물었고 그들은 말을 계속했다. 그들이 공원을 어슬렁거렸던 이유는 이야기를 들어줄 사람이 필요했던 것이다. 입이 아니라 귀를 찾고 있던 거였다.

이제 그녀가 하는 유일한 행동은 차 한 잔 따라주는 것뿐이었다.

'쿠니의 이야기 들어주는 집'은 공원 바깥으로 소문이 났다.

다른 공원에 있던 노인들도 이곳으로 찾아왔다. 너무 많이 몰려 줄을 서는 날도 있었다. 쿠니는 그들을 위해 번호표를 나누어

주었다. 번호표를 나눠 줄 정도가 되자 앞사람이 너무 많은 시간을 차지한다고 불평하는 이도 있었다.

그녀는 말하는 시간을 한 시간으로 정했다. 한 시간 말하는 비용도 정했다. 제시간을 사용하고도 미진한 사람은 다시 번호표를 받아서 기다렸다. 사람이 많아지자 공원 매점 주인도 돈을 벌었다. 모이가 많이 팔려 비둘기도 늘어났다.

주민들을 찾아오던 신문기자가 이번에도 찾아왔다.

기자의 의심은 여기서도 예외가 아니었다. 그는 한동안 벤치를 지켜보았다. 그가 생각하기에 사람들을 이렇게 모여들게 하려면 비용이 많이 드는 광고와 넘쳐 나는 경품이 있어야 했다.

그러나 아무리 살펴보아도 그런 것은 없었다. 말하는 사람과 말 들어주는 사람, 의자와 한 잔의 차만 있었다. 기자는 마침내 쿠니와 마주 앉았다. 그는 먼저 차를 여러 모금 마셔보고 어떤 반응이 오는지 자신의 몸을 지켜보았다. 아무런 변화가 없었다. 보통의 차였다.

"어떻게 이런 일을 시작하게 되었지요?"

기자가 물었다.

"저절로 그렇게 되었어요. 어떤 할아버지가 돈을 주며 이야기를 들어달라고 한 것이 시작이었어요."

"아무래도 어떤 비법이 따로 있죠? 그게 없다면 어떻게 이렇게 많은 사람이 찾아올 수가 있는 거죠?"

"전 그냥 들어주기만 하면 돼요. 차는 말하다가 목말라하기에 끓이는 것이고요."

그녀는 자신의 집에 대하여 더는 말할 게 없었다. 그게 전부였다.

기자가 대꾸했다.

"들어주기만 한다? 내 아내가 당신 반의반만큼만 남의 이야기를 들어주면 좋겠군요."

그는 아내와의 불화 때문에 속이 썩고 있었다. 간밤에도 회식 때문에 늦었는데 아내는 화를 냈다. 상사의 강압과 취재원을 찾아 도시를 뛰어다녀야 하는 피곤함에 대하여, 동료와의 경쟁 때

문에 생기는 스트레스에 대하여 아내는 들으려 하지 않았다. 그 것을 설명하려고 하면 아내는 반발했다.

"당신은 일방적으로 설득만 하려고 해. 그게 무슨 대화야?"

"맞아, 나는 당신을 설득하고 싶어. 이해받고 싶단 말이야."

"지겨워. 듣기 싫어."

그가 생각한 결혼은 이게 아니었으며 사랑하는 마음은 온데 간데없고 괴로운 마음만 가득하다고 덧붙였다. 쿠니는 들었다. 한참이 지나 기자의 말은 끝났다. 그는 마음 한쪽이 편안해지는 것을 느꼈고 약간 머뭇거리다가 돈을 두고 일어섰다.

다음 날 기자는 '쿠니의 이야기 들어주는 집'에 관하여 기사를 썼다. 그리고 마무리에 이렇게 덧붙였다.

'쿠니의 이야기 들어주는 집'이 성황인 이유는 우리 사회에 남의 말을 들어주는 여유가 없다는 것을 방증하는 것으로 보인 다. 우리에게 필요한 것은 이야기를 들어주는 시간이지 않을까?

기사가 나가자 방송국에서 찾아왔다.

그들은 이야기하는 노인과 가만히 앉아 있는 쿠니를 찍어갔다. 몇몇 노인은 카메라에 대고 하고 싶은 말을 하기도 했다. 방송은 금방 퍼졌다. 더 많은 사람이 쿠니의 집을 찾아왔다. 그들을 받기에 벤치는 너무 작고 불편했다.

그녀는 그동안 모은 돈으로 시내에 자그마한 사무실을 얻었다. 앉기 편한 의자와 질 좋은 차도 샀다. 그녀가 떠나자 공원 매점 주인은 매우 섭섭해했다.

사무실을 옮기자 찾아오는 이들의 나이도 다양해졌다. 첫 손님은 50대 사내였다. 그는 말했다.

"30년 동안 회사에 몸을 바쳤는데 이제 쫓아내려고 하지 뭐야. 내가 아니었으면 회사가 지금처럼 커지지도 않았어. 그런데 나를 자른다고? 흥, 내가 호락호락 당할 줄 알고? 사람들과 힘을 합쳐 소송을 할 거야. 까짓것 한번 해보라지. 자꾸 자르다 보면 회사도 겁날걸?"

쿠니는 들었다. 중년 부인도 찾아왔다.

"혹시 들어봤는지 모르겠는데, 난 우울증이야. 남편도 자식도 다 의미가 없어. 나만 두고 세상은 자기 마음대로 돌아가. 그래서 내가 왜 사는지 모르겠어. 불안해. 잠도 못 자고 밥도 못 먹어. 그냥 그렇다는 거야. 이 병은 말을 많이 하는 것만으로도 도움이 된대. 하지만 의사와의 상담은 너무 비싸. 돈이 아까워. 당신은 몹시 싸군. 한 시간 사용료가 간식 한 끼 정도 값이라니…… 어떡하면 좋을까? 너무 오랫동안 우울해서 우울하지 않다는 게 무언지도 모르겠어. 어쩌면 난 우울증이 아닐지도 몰라. 의사를 만나버린 탓에 환자가 되어버린 것은 아닐까."

쿠니는 들었다. 젊은 청년도 있었다.

"전 훌륭한 사회인이 되기 위해서 16년 동안 학교에 다녔어요. 하지 말라는 것은 절대 안 했고 하라는 것은 꼭꼭 했어요. 그 과정을 다 마쳤는데 아무도 나를 써주지 않아요. 오늘도 입사 원서를 냈어요. 이 짓만 3년째인데 사실 원서를 내면 뭐하겠어요. 연락 안 올 텐데. 집에서 먹는 밥이 모래알 같아요. 소화도 안 되고. 그렇게 오래 다녔던 학교가 이 정도로 소용없는지 몰랐어요. 그런데 여기는 손님이 많다죠? 혹시 직원 안 필요한가요?"

시간이 갈수록 더 많은 사람이 찾아왔다. 그중에는 공원에서 만났던 노파의 며느리도 있었다. 그녀는 홀어머니의 과도한 애정과 집착 때문에 남편이 혼자서는 판단과 선택을 못 하는 바보로 커왔으며 지금도 너무 자주 개입을 해와서 괴롭다고 한탄했다. 쿠니는 들었다.

사람들이 너무 많다 보니 번호표 정도로는 문제가 해결되지 않았다. 사무실을 늘리기로 하고 쿠니는 직원 모집 공고를 냈다.

'쿠니의 이야기 들어주는 집'에서는 말 들어줄 사람을 뽑습니다

많은 지원자가 있었다. 예전에 찾아왔던 청년도 있었다. 그녀는 청년을 포함하여 몇 사람을 뽑았다. 그들은 '쿠니의 이야기 들어주는 집' 2호, 3호, 4호점에 배치되었다.

직원 교육은 간단했다.

도중에 끼어들지 말고 말을 끝까지 잘 들어줄 것

그들은 기꺼이 그렇게 하겠다고 다짐했다.

그녀는 가만히 있는 것만으로도 돈을 벌 수 있다는 게 이상하기는 했지만, 이런 변화가 나쁠 리는 없었다. 쿠니는 유명 인사가 되었다.

하루는 매우 큰 출판사 사장이 책을 내자고 찾아왔다. 이를테면 사례집 같은 거였다. 그러나 자신이 들었던 이야기는 모두 말했던 이들의 것이기 때문에 발설할 수 없다고 그녀는 답했다. 출판사 사장은 아쉬워하며 돌아갔다. 방송국에서 책 발간을 거절한 장면을 내보냈다. 그것을 보고 사람들은 더 찾아왔다.

"죽고 싶어요."
이렇게 말을 꺼낸 이는 10대 학생이었다.

"하루 종일 듣는 이야기가 '첫 번째 대학'을 가야 한다는 거예요. '왜요?'라고 물으면 '왜라니, 당연히 그래야지.' '글쎄 왜 거기를 꼭 가야 하는데요?' 하면, '안 가면 안 되니까.' 이 말뿐이에요. 다른 방법은 없어요. 아버지 어머니는 두 분 다 '열일곱 번째 대학'을 나왔어요. 자기들은 '열일곱 번째 대학'을 나와놓고 저에게는 꼭 '첫 번째 대학'을 가라고 해요. 그게 기대래요. 자신들보다는 더 나아지는 것을 기대한대요. 친구들도 그 기대를 받고 살아요. 사람들은 무언가를 기대하기 위해서 아이를 낳는 것 같아요. 그래서 전 자살을 할 생각이에요. 그러면 제 아이도 안 태어날 것 아니겠어요? 아무에게도 말 않고 죽자니 너무 슬퍼서 이곳을 찾아왔어요. 아줌마는 비밀을 보장한다면서요?"

말을 마친 학생은 일어섰다. 쿠니는 돈을 되돌려주었다.

그동안은 별문제 없었다. 말을 마친 사람은 후련한 얼굴이 되어서 돌아갔다. 들어주는 것만으로 문제가 해결되는 것 같았다. 하지만 이번 경우는 그렇지 못했다. 듣는 것만으로는 무언가 부족했다.

쿠니는 직원들을 불러 모았다. 남의 이야기를 듣기만 한다는 것에 그들은 벌써 넌더리를 내고 있었다.

"무거운 짐을 옮기는 것보다 몇십 배 더 힘든 일이에요."

직원들은 말했다.

"마치 쉬지 않고 매를 맞고 있는 느낌이에요. 미쳐버릴 것 같아 그만둘까 생각하는 중이에요."

"쿠니 사장님은 어떻게 견디셨나 모르겠어요."

"듣기만 하는 제가 마치 인형이 되어버린 것 같아요."

"어제는 한 남자가 찾아와 한 시간 동안 욕만 하고 갔어요."

그녀는 깊은 고민에 빠졌다. '쿠니의 이야기 들어주는 집'도 잠시 문을 닫았다. 고민 끝에 학생을 찾아갔다. 도시의 절반을 뒤진 다음에야 만날 수 있었다.

쿠니는 학생과 함께 공원으로 갔다. 자신의 말을 들어주었던 사람이라 그는 비교적 편하게 이야기했다.

그동안 밤길을 홀로 걸었고 열두 번이나 아파트 옥상으로 올라갔으며 그 수만큼의 유서를 썼다가 찢었다고 그는 고백했다. 쿠니는 손을 잡은 채 눈물을 흘렸다.

"복수하고 싶어요. 내가 죽어 아버지 어머니를 가장 슬프게 만들어버리고 싶어요."

"그러면 너마저도 슬퍼지고 말아."

"……."

"우리 마을에 이런 말이 있어. '죽음은 찾아오기를 평생 기다리는 것이다.'

그러니 굳이 먼저 찾아갈 필요 없어."

쿠니는 그를 껴안아주었다. 학생은 비로소 눈빛이 편해졌다.

쿠니는 직원들과 다시 회의를 했다. '도중에 끼어들지 말고 말을 끝까지 잘 들어줄 것'에서 '필요할 때 맞장구쳐줄 것'으로 바꾸었다. 재미있는 말에는 같이 웃어주고 슬픈 이야기를 하면서 우는 손님이 있으면 함께 울어주고 누구를 원망할 때는 고개를 끄덕여주기, 같은 거였다. 이곳을 찾아온 손님들은 해결책이 아

니라 같은 편이 되어주는 존재를 원한다고 그녀는 생각했다. 직원들은 이게 더 쉽겠다고 말했다. '쿠니의 이야기 들어주는 집'은 다시 열렸다.

지친 얼굴의 사내 하나가 어린아이를 데리고 온 것은 나뭇잎이 떨어지는 어느 가을날이었다. 이곳에 아이가 온 것은 처음이었다. 쿠니가 팔을 벌리자 아이가 안겼다. 사내가 입을 열었다.

"혼자 아이를 키우고 있는데 정말 힘들군요. 아이 하나에 필요한 게 그렇게 많은지 생각도 못 했어요."

사내는 울 듯한 얼굴을 했다.

"아침에 아이를 어린이집에 맡겨놓고 퇴근하면서 찾습니다. 엄마 없이 커서 그런지 요즘에는 병치레도 잦습니다. 지금도 병원에 갔다 오는 중이에요. 그렇지만 어떤 주사나 알약이 우리 아이의 허전한 마음을 채워주겠어요?"

"제가 잠깐만이라도 아이와 놀아주죠. 그동안 좀 쉬세요."

사무실 바깥에는 가로수가 있었다. 쿠니는 그곳에서 아이를

품에 안고 노래를 불렀다.

하늘은 하늘에 있고
바다는 바다에 있네
엄마는 엄마에게 있고
우리 아이는 우리 아이에게 있네

그녀가 어렸을 때 어머니가 불러주던 노래였다. 아이는 손을
뻗어 노래하는 그녀의 입술을 만졌다. 쿠니는 아이를 내려다보
며 잠시 고향 섬을 생각했다. 모두 잘 지내고 있을까. 내가 만들
었던 꽃밭은 화산활동 때문에 모두 망가졌을 텐데……

사내는 고마워하며 돌아갔고 그 뒤로 자주 찾아왔다. 사내는
올 때마다 자신에 관하여 이야기했다. 부모는 어땠고, 자신이 어
떻게 태어났고, 어떻게 자랐고, 어떤 꿈이 있었고, 어떤 회사원
이 되었고, 어떻게 해서 아이의 엄마를 만났고, 어떻게 해서 헤

어졌고, 아이가 어떻게 자랐으면 좋겠는가를.

자주 보고 말하고 듣다 보니 두 사람은 친해졌다.

가로수에 나뭇잎 하나 남아 있지 않던 깊은 가을날 사내는 청혼을 했다. 쿠니도 이제는 좋은 결혼 생활을 할 수 있을 것 같았다. 사업이 성공을 거뒀고 사내의 성품이 착한 것도 마음에 들었다. 그러나 그녀는 곰곰이 생각하다가 거절했다. 그리고 말했다.

"말은 그 사람 자체예요. 그렇기 때문에 말을 듣는다는 것은 그 사람의 가장 중요한 부분을 읽는 것과 같아요. 덕분에 전 당신에 대해 깊이 알게 되었지요."

"제가 결혼 상대로 부족하다는 건가요?"

"그렇지는 않아요."

"그렇다면 왜 제 청혼을 거절하는지 알 수가 없군요."

"당신은 나를 깊게 알려고 하지 않았어요."

"……."

"당신은 당신 이야기만 했어요. 제가 이야기를 하려고 할 때 당신은 귀를 열고 제 이야기를 들어야 했어요."

쿠니는 이곳에 온 이래로 가장 많은 말을 했다.

"당신과 가까워지면서 깨달은 게 있어요. 진정으로 가까워지려면 서로 번갈아 이야기하고 관심 깊게 들어야 한다는 거, 듣는 것도 마치 말하는 것 같아야 한다는 걸요."

그녀는 다가가 사내의 어깨에 손을 올렸다.

"이게 우리 마을의 인사법이에요. 나는 당신보다 높지 않습니다라는 뜻이죠. 같이 해봐요."

사내도 쿠니의 어깨에 손을 올렸다. 둘은 한동안 상대를 바라보았다. 그녀는 말을 이었다.

"이제 가게 이름을 '쿠니의 대화하는 집'으로 바꿀 거예요. 내일 '쿠니의 대화하는 집'으로 오세요. 오셔서 나와 같이 이야기를 해요. 그리고 청혼하세요. 기다릴게요."

그 아이

아이는 아버지 따라 옷감 배달 간 집에서 피아노를 처음 보았다.

아버지는 초인종을 눌렀고 거실로 들어가 그곳에 짐을 내렸다. 옷감을 만져보는 부인과 천장의 조명 기구를 번갈아 바라보고 있을 때 어떤 소리가 들렸다. 아이는 자신도 모르게 소리를 찾아 들어갔다. 마치 씨앗이 바람을 타고 텃밭을 향해 날아가는 것과 같았다. 옆방에서 부인의 아들이 피아노를 치고 있었다. 맑고 깊은 소리였다.

아이는 항구에 와서 새로운 소리를 여러 개 들었다.

맨 처음 들은 것은 군악대 소리였다. 섬 주민들이 화산활동을 피해 배를 타고 왔을 때였다. 수많은 관악기와 북소리가 뒤섞인 군악대 연주는 웅장하고 경쾌했다. 아이는 박자에 맞춰 몸을 들썩였다.

그다음 들었던 것은 오토바이와 자동차가 내는 소리였다. 그것들은 줄을 지어 엔진 굉음을 내며 지나갔다. 공장에서 나는 것도 있었다. 컨베이어 벨트와 지게차, 트레일러 움직이는 소리와 차임벨, 확성기에서 나오는 사람의 큰 목소리 따위였다. 그때마다 손바닥으로 귀를 틀어막아야 했다. 굴착기가 땅을 파고들 때나 용접 불꽃이 튈 때도 소리가 났다. 섬에서는 한 번도 못 들어본 거였다.

섬에서도 소리는 있었다.

눈뜨면 가장 먼저 들리는 것은 바람 소리였다. 계절마다, 날마다, 다른 방향에서 불어오는 바람은 느낌이 달랐다. 북풍은 휘파람처럼, 동풍은 큰 북을 두드리는 소리처럼 들렸다. 남풍은 입김을 불어대는 것 같았고, 서풍은 나비가 팔랑거리는 소리 같았다.

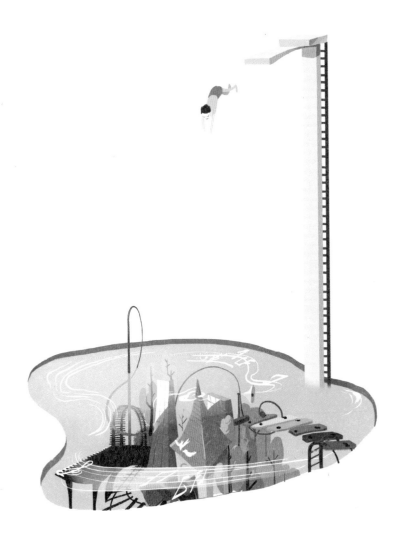

바람이 무엇을 만나는가에 따라 소리는 또 달랐다. 구멍 난 채 죽어버린 나무 둥치에서는 피리 소리가 났다. 구멍이 작을수록 높고 날카로웠다. 바람이 숲을 통과할 때는 아주 많은 사람이 우는 것 같았고, 파도를 휩쓸어갈 때는 팬에 감잣가루 부칠 때와 같은 소리가 났다.

귓구멍도 그랬다.

아이는 뒤통수를 긁다가 우연히 귓바퀴 뒤로 손이 갔을 때 색다른 소리가 난다는 것을 알게 되었다. 손바닥을 오므려 귀를 감싸자 소리는 더욱 분명해졌고 손날의 각도에 따라 제각각 달라졌다. 흡사 바람이 말을 하는 것 같았다. 바다 저 너머에서 누군가가 보내온 편지 같기도 했다.

바다에서도 소리가 있었다.

잔파도가 치면 자갈밭은 까르르거렸다. 큰 파도가 갯바위를 때릴 때면 거대한 괭이질 소리 같은 게 들렸다. 간혹 고래가 내는 소리도 들을 수 있었다. 분수 솟구치는 소리를 내며 느릿느릿 지나가는 것은 혹등고래였다. 돌고래에게서는 더 급한 소리가 났다. 돌고래 떼가 지나가면 물총새 날갯짓 같은 게 들렸다. 파도에 떠밀려 온 모자반은 공기주머니가 달려 있어 누르면 톡 톡 터졌다.

모든 게 소리가 있었다. 새는 지저귀고 벌은 날았으며 개는 짖고 고양이는 야옹거렸다. 그물을 끌어 올리거나 보습으로 밭을 고를 때 내는 사람의 것도 있었다. 하지만 항구의 소리는 훨씬 더 크고 급하고 다양했다.

피아노는 건반마다 조금씩 다른 소리가 났다. 너무 가까이 다 가가버린 탓에 아이의 코끝이 건반에 닿을 정도가 되었다.

"너 뭐야?"

부인의 아들이 아이를 밀었다.

"다른 것도 눌러봐."

"왜 그러는데?"

"소리가 너무 좋아."

"너 피아노 소리 처음 들어봐?"

아이는 악기의 이름이 피아노인지 몰랐다. 부인이 아들을 불렀다. 아들은 머뭇거리다가 뛰어갔다. 부인은 자신이 펼쳐 보던 상아색 옷감을 아들의 몸에 걸쳐보았다.

"잘 어울립니다, 사모님."

아이의 아버지가 말했다. 부인은 천천히 아들 주위를 한 바퀴 돌아보았다.

"콩쿠르에 입고 나갈 옷을 이 천으로 만들 건데, 네 생각은 어떠니?"

아들이 대답했다.

"완전한 흰색이면 좋겠어요."

"흰 옷감도 가져오라고 했다. 여기 있구나."

그때 피아노 소리가 또 들려왔다. 조심스럽긴 하지만 여기저기 마구잡이로 눌러보는 소리였다.

"어떤 애가 내 피아노에 달라붙으려고 그랬어요."

옷감 장수는 얼굴이 사색이 되어 뛰어갔다.

"너 당장 그만두지 못하겠니?"

그러나 아이는 그만두지 않았다. 건반을 하나 눌러보고 귀를 기울였다. 그러다가 두어 개를 함께 눌러보고는 빙그레 웃었다. 뒤따라온 부인이 물었다.

"왜 웃니?"

"서로 좋아하는 것들이 떨어져 있어요."

서로 어울리는 소리가 있다는 게 아이는 마음에 들었다. 도와 레는 이웃해 있지만 한꺼번에 치면 어색했다. 같이 있어도 재미가 별로인 친구 같았다. 도와 미를 누르면 느낌이 불편하지 않았다. 레는 솔이나 시와 어울렸다. 그 셋을 누르면 사이좋은 친구 셋이 만난 것처럼 기분 좋은 소리가 만들어졌다. 그것은 빵에 염소젖으로 만든 치즈를 얹거나 장어구이 옆에 초절임 생강 채를 놓은 것과 비슷했다.

"그게 화음이라는 것인데 알고 있었니?"

모른다는 대답을 듣고 부인이 말했다.

"음악에 재능이 있는 것 같군요. 피아노를 한번 가르쳐보세요."

"이제 그만하거라."

아버지는 부인에게 사과하며 아이의 머리를 내리눌러 인사를 시켰다. 두 사람은 돌아오는 동안 말이 없었다. 아들에게 무언가를 가르쳐야 할 때가 되었다고 아버지는 생각했다. 이곳은 섬과 달리 배워야 할 게 많았다. 자신은 옷감에 대하여 배웠으며 아내는 운전을 배우고 있었다. 아이도 무언가를 해야 했다. 최소한 학교에 가야 할 나이가 된 것이다. 무언가를 해야 한다는 것은 무언가를 하지 않아도 되는 것보다 마음이 무거워지는 법이다.

아이는 피아노 소리가 귀에서 떠나지 않았다. 모든 것이 건반으로 보였다. 자동차가 줄을 지어 가는 것도 움직이는 건반으로 보였다. 빨간 차를 누르면 빨간색 음이, 초록 차를 누르면 초록색 음이 나올 것 같았다. 시장 입구 계단도, 어머니 외투에 달린 커다란 단추도 그렇게 보였다. 모두 눌러보고 싶었다. 낯선 경험이었다.

그렇다고 당장 피아노를 배울 수는 없었다.

아버지는 옷 가게 점원으로 있다가 이제 막 가게를 열었기에 돈이 부족했다. 부부는 날마다 좁은 가게에서 손님을 맞고 옷감을 배달하느라 정신이 없었다. 아이는 층층이 쌓인 재단용 옷감을 손가락으로 누르며 입으로 소리를 냈다.

주민 모임이 다가왔다. 저녁밥을 먹으며 어머니와 아버지는 이야기를 나누었다.

"화산활동이 마침내 끝났대."

"나도 들었어. 다들 돌아갈 준비를 하겠지?"

"그럴 거야. 그게 끝나기를 모두 기다리고 있었으니까."

"우리 마을이 어떻게 변했는지 궁금하기는 해."

이야기를 듣다 말고 아이가 물었다.

"우리는 어떻게 해요?"

"이제 막 가게를 열었는데 어떻게 돌아가겠니. 이곳에서 살아야지."

아이는 지난 2년 동안 주말이면 주민 숙소로 가서 친구들을 만나왔다. 앞으로는 그럴 수 없다고 생각하자 눈물이 났다.

"울지 마라."

"친구들과 헤어지기 싫어요."

"어쩔 수 없다. 우리도 마음이 좋지 않으니 울지 마라."

"울게 해주세요."

"다른 부탁을 하거라."

"그러면 피아노를 배우게 해주세요."

피아노 교습소는 멀지 않은 곳에 있었다. 그곳엘 가면 아이는 몸을 흔들었다. 그것은 두 번째 먹어보는 아이스크림과 같았다. 즐거운 것을 또 한다는 것은 행복한 거였다. 그래서 건반을 누를 때 몸을 흔들었다. 원장이 아이를 제지했다.

"아무래도 넌 반듯이 앉는 법부터 연습해야겠구나."

원장은 흔들지 못하게 양손으로 아이의 허리를 꾹 잡았다. 아이는 가까스로 몸을 반듯이 했다. 하지만 손가락은 그러지 못했다. 자꾸 다른 건반을 건드렸다. 원장은 다시 제지했다.

"누르라는 것을 눌러."

"이것도 눌러보고 싶어요. 조금 전 것과 사이가 좋아요."

"안 돼."

"눌러주기를 기다리고 있는걸요?"

"제발, 하라는 대로만 좀 해다오."

아이는 하루도 빠짐없이 지적을 받았지만 피아노 치는 솜씨는 쑥쑥 늘었다. 물을 만난 스펀지처럼 눈앞에 있는 것을 빨아들이는 듯했다. 원장은 아이의 재능과 태도 사이에서 혼란스러웠다.

"나는 피아노를 치기 시작했어."

선착장에서 아이는 친구들에게 말했다. 섬으로 가는 배는 출항 준비를 마무리 짓고 있었다.

"그게 뭐야?"

"아름다운 소리가 나는, 엄청 큰 악기야."

주민들은 각자의 짐을 짊어지고 일어섰다. 측량사가 말했다.

"우리는 이제 그만 돌아가겠습니다. 이렇게 헤어지니 마음이 무겁군요."

아이의 어머니가 눈물을 훔쳤다.

"언젠가는 만날 수 있겠죠."

아이의 부모는 주민들과 일일이 서로의 어깨에 손바닥을 얹었다. 나는 당신보다 높지 않습니다. 그것은 이별할 때도 하는 인사였다. 아이도 자신의 친구들과 그렇게 했다.

"마을로 놀러 와."

"그럴게. 하지만 이곳에는 피아노가 있는걸."

그들을 태운 배는 천천히 멀어졌다.

신문기자가 옷감 장수를 찾아왔다.

"그래, 지낼 만하신가요?"

"가게는 작아도 바빠서 시간 가는 줄 모릅니다."

"음, 이제는 자리가 잡힌 것 같군요. 그 섬에서도 장사를 하셨나요?"

"웬걸요. 그곳에는 장사라는 게 없습니다."

"경험도 없으면서 이렇게 해내다니 대단하십니다."

"하지만 무척 재미있습니다. 공장에서 원단을 가져다가 이런 저런 크기로 잘라놓으면 사람들이 그것을 사죠. 배달도 하고요. 그러면 이윤이 남습니다."

신문기자는 아이가 피아노를 치기 시작했다는 것을 떠올렸다. 주민들이 섬으로 돌아가는 모습을 취재하러 갔다가 들은 거였다.

"피아노를 쳐보렴."

아이는 허공에서 손가락을 움직이며 입으로 소리를 냈다. 기자가 웃었다.

"진짜 피아노 말이야."

"피아노가 없거든요."

부모는 쑥스러운 표정으로 대답했다.

"음, 우리 집에 아내가 치던 피아노가 있는데 요즘은 먼지만 쌓여 있죠. 그것을 싸게 드리죠."

"우리는 아직 피아노 살 만한 돈이 없는걸요."

"나중에 천천히 주세요."

그렇게 해서 피아노가 생겼고 집에서도 연습할 수 있게 되었다. 기자는 기사를 썼다.

섬으로 돌아가기를 거부한 주민들은 이곳 삶에 자연스럽게 적응을 하고 있다.

그들의 적응은 우리 사회의 가치를 증명하고 있다.

아이의 실력은 하루가 다르게 늘어 기초를 모두 마스터했다. 보통의 아이가 2, 3년 걸리는 것을 6개월 만에 해치운 것이다. 이제는 소나타를 연주하기 시작했는데 그의 손가락은 여전히 원장이 가르치는 것을 뛰어넘어 움직였다. 제 마음대로 화음을 만들고 변주를 해대서 원장은 가르치는 시간의 반을 제지하는 데 소비해야 했다. 이런 경우가 없었기에 골치가 아팠다.

원장이 말했다.

"이제부터 한 달 동안 12번 소나타만 연습하거라."

그녀는 시 콩쿠르에 아이도 내보낼 생각이었다. 입상을 하는 원생이 많을수록 교습소의 명성이 쌓이기 때문이었다. 변주가 화려한 12번은 실수만 하지 않는다면 콩쿠르에서 입상하기에 충분한 곡이었다. 그녀는 아이가 충분히 연주해낼 것으로 보았다.

"저는 9번이 마음에 들어요."

원장은 한숨을 내쉬었다.

"제발 말 좀 들어라. 딴생각하지 말고 날마다 12번만 연습해. 눈 감고도 칠 수 있도록."

콩쿠르 날이었다. 아이 차례가 되었다. 아이는 12번을 쳤다. 반 정도 지났을 때 그는 몸을 일으켰다.

"그만 칠래요."

사회자가 당황해서 물었다.

"무엇 때문에 그러지?"

"이 소나타는 중간 부분이 억지스러워요. 마치 잔잔한 바다에 다가 돌을 마구 던지는 것 같아요. 대신 9번을 치면 안 될까요? 이 곡을 연주하면 맨발로 달빛을 밟고 하늘로 걸어가는 기분이 들거든요."

"……."

"오늘 기분이 안 좋아요. 친구들과 만나 노는 꿈을 꾸느라 늦잠을 자서 엄마에게 혼이 났거든요. 그래서 9번을 치고 싶어요."

원장은 좌석에서 두 주먹을 쥐었고 심사위원들은 웅성거렸다. 대답도 듣지 않고 아이는 9번을 연주하기 시작했다. 어떤 연주보다 훌륭했다. 관객 중에, 심지어는 심사위원 중에도 맨발로 달빛을 밟는 느낌이 드는 것을 어쩌지 못했다.

아이는 입상하지 못했다. 신청곡과 다른 곡을 연주했기 때문이다. 아이를 두고 심사위원들은 반으로 나뉘었다. 그들은 서로 얼굴까지 붉히며 토론한 끝에 국립음악학교에 입학할 수 있는 자격을 주었다. 상위 입상자에게만 주는 특권이었다. 원장은 입상한 원생들 이름과 함께 아이의 입학 자격 획득을 교습소에 크게 써 붙여놓았다.

아이는 집을 떠나야 했지만 멋진 연습실과 여러 대의 피아노를 보고는 우울함을 떨칠 수 있었다. 그곳에서 언어와 사회와 수리학을 배우고, 그리고 피아노를 쳤다.

국립음악학교는 월요일 오전마다 지난주에 배웠던 과목의 시험을 쳤다. 다음 날 복도에는 120명 학생 이름이 성적과 함께 나붙었다. 아이는 자신의 이름을 맨 아래쪽에서 발견하고는 했다. 그 때문에 화요일이 되면 한 시간씩 두 손을 들고 있어야 했다.

그 시간이 되면 섬이 생각났다. 지금쯤 들판을 뛰어다니거나 바닷가에서 가재를 잡고 있을 친구들 모습이 보였다. 풀 뜯고 있는 염소 뒤로 물새가 날아가는 모습도 보였다. 아이가 좋아하는 두 가지는 너무 멀리 떨어져 있었다. 그곳으로 피아노를 가지고 가면 얼마나 좋을까. 아이는 생각했다. 꽃이 피어 있는 분지나 삼나무 아래에서 피아노를 친다면 바다 위의 갈매기처럼 손가락이 저절로 건반 위를 돌아다닐 것 같았다.

체벌이 끝나면 교사는 지난주에 했던 훈계를 다시 했다.

피아노만 열심히 친다고 훌륭한 연주자가 될 수는 없다, 공부를 열심히 해야 원하는 상급학교에 갈 수 있고 상급학교에서도 열심히 해야 유학을 갈 수 있다, 그래야 훌륭한 연주자가 될 수 있고 원하는 직장도 가질 수 있다, 그렇게 되면 행복해진다, 공부를 열심히 해야 한다는 것을 절대 잊지 말아라…….

아이가 대답했다.

"그렇다면 이제부터 시험은 안 칠래요."

"네 마음대로 그럴 수는 없어."

"저는 피아노를 치고 있으면 행복해요."

교사는 커다란 벽을 마주하고 있는 기분이 들었다.

"지금 행복하게 해주시면 안 될까요?"

"아직도 내 말을 이해하지 못하는구나."

아이는 그가 만나본 학생 중에서 가장 제멋대로였다.

기숙사 당직을 서던 날 밤 아이가 없어진 적이 있었다. 여기저기 뛰어다니던 그는 연습실에서 아주 작은 불빛이 새어 나오는 것을 발견했다. 촛불을 켜놓고 피아노를 치고 있었던 것이다. 다음 날 아이는 하루 종일 체벌을 받았다. 밤에 연습실에 들어가는 것은, 더군다나 촛불을 켜놓은 것은 심각한 규칙 위반이었다.

그랬는데도 제멋대로인 버릇은 고쳐지지 않았다. 지난번 '설립자의 밤' 행사가 있던 밤에도 그런 일이 있었다. 행사가 시작되면 전교생이 학교 입구의 동상을 돌았다. 동상은 그 학교를 만들었다는 사람이었다. 아이가 보이지 않자 교사는 연습실로 가보았다. 역시 그곳에 있었다. 교사가 들어오는 것도 모른 채 연주를 하는데 눈을 감고 있어서 그런 것만은 아니었다.

교향곡에 대한 감상문을 써낼 때도 다르지 않았다.

웅장한 하모니와 섬세한 단조의 선율이 완벽한 조화를 이루고 있다. 전반부 모데라토 부분에서는 바이올린의 선율이 화려하면서도 절제되어 있고 메조포르테를 지나 포르테시모로 나아가면서 내재된 감정이 마침내 폭발하는데 이 부분이 특히 감동적이다. 각 악기 간의 호흡과 연주자들의 재능, 그리고 그것을 종합하는 지휘자의 역량이 얼마나 중요한가를 잘 보여주고 있는 곡이다.

교사들이 원하는 답은 이런 거였다. 아이는 이렇게 썼다.

잔잔한 바다에 오리가 힘이 빠진 채 둥둥 떠 있다. 오줌 쌌니? 저 아래에서 가재가 기어가다가 슬쩍 위를 쳐다본다. 배가 고프지만 가재는 오리를 잡아먹지 못한다. 똥이나 받아먹어라. 오리똥은 색깔이 하얗다. 가재는 우리가 삶아 먹겠다. 나는 다섯 마리를 잡은 적이 있다. 사람들은 비가 올 것 같아 걱정이다. 치난번 우리 집 지붕에 구멍 난 걸 측량사 아저씨가 고쳐주었다. 우리 아빠는 망치질을 잘 못한다. 그리고 비가 온다. 파도가 친다. 오리가 놀라 자빠진다. 날고 싶어도 힘이 없다. 그때 친구 오리들이 잔뜩 몰려왔다. 놀라 자빠진 오리를 데리고 날아간다. 오리

떼 때문에 하늘이 캄캄해진다. 어디로 데리고 가니?

   교사는 이런 감상문에 어떤 점수를 매겨야 할지 몰랐다.

   그처럼 여러 가지 문제가 있음에도 아이의 연주는 매력이 있었다. 연주를 하고 있으면 눈빛은 빛났고 영혼은 몰입했으며 몸은 물결처럼 흔들렸다. 아이만이 해내는 어떤 느낌이 있었다. 부드러울 때는 너무 부드러워 물속으로 가라앉을 것만 같았고, 흥분이 고조되는 부분에서는 금방이라도 누군가를 사랑하게 될 것 같았으며, 격정적인 부분을 연주할 때는 당장 뛰쳐나가고 싶은 충동을 느끼게 했다.

   그렇기에 교사는 야단칠 생각도 잊어버린 채 서 있었다. 저절로 눈이 감기고 손에 힘이 가고 숨이 가빠지는 변화를 스스로 알아차리기 힘들었다. 그는 연주를 마친 아이가 겁먹은 모습으로 자신을 바라보고 서 있다는 것을 한참 만에 깨달았다.

   국제 어린이 콩쿠르 준비 취재를 온 신문기자는 운동장에서

걸음을 멈추었다. 또래 몇 명에게 아이가 둘러싸여 있었다. 한 명이 뒤에서 멜빵끈을 잡아당기며 외쳤다.

"너 때문에 내 코가 썩으려고 그래."

아이는 비틀거리며 대답했다.

"난 날마다 깨끗이 씻는단 말이야."

"네 옷을 봐. 그게 옷이니? 거지발싸개지."

다른 애도 멜빵끈을 잡아당겼다. 학생들은 보통 2, 3일에 한 번씩 집에서 가져온 새 옷으로 갈아입었다. 아이는 빨래를 하려면 집에 갈 수 있는 토요일까지 기다려야 했다.

아이는 발에 걸려 결국 넘어졌다. 그 애들이 보기에 아이는 말도 잘 못하고 냄새가 났으며 피아노도 제 마음대로 쳐댔다. 그런 아이가 자신들과 같은 학교에 다닌다는 것을 받아들일 수 없었다.

"너 같은 새끼는 더러운 네 집으로 돌아가야 해."

"우리 집은 더럽지 않아."

"우리 엄마가 그러는데 네 고향에서 온 사람들은 모두 더럽대.

그래서 쓰레기 치우는 일을 했대."

"아니야, 그 일 때문에 도시가 깨끗해진다고 아줌마 아저씨들이 말했어."

"웃기지 마, 이 추접스러운 새끼야."

욕은 돌멩이도 화나게 하는 능력이 있다. 아이는 발끈해서 대꾸했다.

"너는 부러진 삼나무야."

그러자 다른 애가 나서서 아이의 발등을 밟았다.

"맞아 죽을래? 이 개새끼야."

"이 너무 높은 파도야."

다른 애도 나섰다.

"그것도 욕이라고 하니, 구더기 같은 자식아."

"이 배고픈 가마우지야."

애들은 알고 있는 모든 욕을 일제히 내뱉기 시작했다. 아이는 울듯이 대꾸했다.

"시끄러워, 이 똥 싸는 갈매기들아."

그러자 몰려들어 때리기 시작했다. 신문기자가 달려가서 뒤 엉킨 애들을 떼어놓았다.

회의는 교장실에서 열리고 있었다. 교장이 말했다.

"지난 몇 년간 국제 어린이 콩쿠르에서 우리는 별다른 성과를 내지 못했어요."

"맞습니다. 올해는 무슨 수를 쓰든 입상을 해야 합니다."

"어떤 학생이 좋은지 말씀해보세요."

교사가 아이에 대하여 이야기했다.

"표현에서 이 아이를 따라갈 학생이 없습니다."

부장 교사가 반대했다.

"저도 들어봤는데 곡 해석이 너무 자의적이에요."

"곡이란 모두 자신만의 해석이 있지 않겠어요?"

"기본이라는 게 있습니다. 기본이 되어 있지 않으면 결국 엉망이 되어버리고 맙니다."

부장 교사는 자신의 학생을 추천했다. 그 학생은 기초가 튼튼하며 기존의 곡 해석에 충실한 타입이었다. 신문기자는 듣고 있었다.

"하지만 이 정도로 절대음감을 가진 학생은 그동안 없었습니다."

"그러면 뭐하겠어요. 너무 제멋대로인데요. 국제 콩쿠르에 가서도 기분 내키는 대로 연주를 한다고 생각해보세요. 망신이나 안 당하면 다행이죠."

회의는 한동안 계속되었다. 마침내 교장이 말했다.

"이렇게 하죠. 한 달 뒤 두 아이의 연주를 들어보고 뽑겠어요. 그동안 두 분 선생님은 준비를 하세요. 특히 그 아이는 담당 교사께서 책임지고 바로잡아보세요."

아이는 특별 연습실에 들어가게 되었다. 그곳에서의 생활은 기숙사와는 또 달랐다. 모든 것을 그 안에서 해결해야 했다. 집에도 갈 수 없었다. 그사이 아이의 부모는 학교에 불려갔으며 아이의 장래와 행복을 위해 꼭 필요한 조치라는 설명을 듣고 돌아갔다.

그곳에서는 수업을 받지 않아도 되었다. 교사도 공부하라고 다그치지 않았다. 그렇게 중요한 것이 한순간에 아무것도 아닌 것이 되어버렸다는 게 이상하기는 했지만 아이는 곧 잊어버렸다. 대신 잠들고 일어나는 시간, 식사 예절은 물론 말하고 걷는 것 따위가 철저히 통제되었다. 모든 행동에 제재가 가해진 것이다. 그리고 숫자와 부제가 잔뜩 붙어 있는 긴 소나타 곡을 연습해야 했다.

아이가 연주를 시작하자 교사는 회초리로 악보를 내리쳤다. 악보에 적혀 있는 빠르기와 다르게 연주를 했기 때문이다.

"왜 여기서 속도를 늦추는 거야, 이 빠르기 표시 안 보이니?"

"보여요. 하지만 이 부분은 새가 가지에 내려앉아 깃을 다듬는 것 같잖아요. 새들은 그럴 때 부리로 하나하나 아주 천천히 그것을 다듬거든요."

"쓸데없는 소리. 악보대로 치라고 내가 몇 번이나 말했니?"

"그렇지만 선생님, 여기서 조금 더 느려야 저 뒤에서 동풍이 숲을 향해 마구 불어오는 느낌하고 서로 맞아떨어지는걸요."

교사는 이번에는 회초리로 아이를 때렸다. 종아리에 여러 개의 붉은 선이 만들어졌다. 아이는 자신의 느낌대로 연주할 수 없는 게 야속했고, 교사는 교사대로 작곡가가 이 곡을 만들 때 새가 부리로 날개 다듬는 장면을 왜 생각하지 못했는가 원망스러웠다.

연습은 하루 열여섯 시간씩 계속되었다. 종종 회초리를 맞았고 그것보다 더 많은 수의 꾸지람을 들어야 했다. 아이는 체벌을 받는 만큼 조금씩 악보에 맞춰갔다. 연주를 마친 다음 흥얼거리던 버릇도 고쳐졌다. 아이는 그것을 '끝난 다음에 저절로 따라오는 곡'이라고 말했다. 교사는 말했다.

"악보에 없는 것을 만들어내면 안 된다. 훌륭한 연주가가 되려면 기존의 연주를 그대로 본받는 것도 꼭 필요한 법이다."

"그렇다면 아무나 한 명만 치면 되잖아요."

아이는 대꾸하다가 위로 올라가는 회초리를 보고는 급히 입을 다물었다. 한 달 동안 아이는 그렇게 제지받았고 단련되었다.

한 달 뒤 교장은 교사들을 데리고 연습실을 찾아왔다. 신문 기자도 찾아왔다. 아이는 교사를 한번 바라보고는 연주를 시작했다. 고개를 들지도 않고 몸을 흔들지도 않았다. 세련된 자세와 완벽한 악보의 재현이 이루어졌다. 연주가 끝나자 교장이 말했다.

"음, 아주 좋아요. 조금 전에 들었던 부장 교사님의 제자도 훌륭했지만 이 아이의 연주는 정말 뛰어나군요. 자세도 좋고요. 담당 교사께서 아주 큰 수고를 하셨군요."

그는 주변을 돌아보며 말을 이었다.

"이 아이를 저학년 후보로 보내는 데 별 이견이 없으시지요? 자, 국제 콩쿠르에 보낼 준비를 합시다. 이 아이 실력이면 그랑프리는 우리 차지요."

다른 교사들이 박수를 쳤다.

기자는 아이와의 인터뷰를 요청했다. 인터뷰는 설립자의 동상 앞에서 이루어졌다.

"난 사실 좀 놀랐단다. 네 연주 실력이 그 정도까지 될 줄은 몰랐거든."

아이는 운동장 저편에 나란히 서 있는 굴참나무를 바라보았다. 그 아래 앉아 있던 비둘기들이 날아오르자 푸드덕, 날갯소리가 그곳까지 들려왔다.

"국제 콩쿠르 참가를 축하한다. 네 부모님도 좋아하시겠구나."

이번에도 아이는 날아가는 새만 바라보았다.

"왜 말이 없니?"

"이제 피아노 안 칠 거예요."

"무슨 소리야?"

"너무 싫어졌어요. 피아노도 가지고 가세요."

기자는 뒤에 서 있던 교사를 돌아보았다. 그동안 집중된 연습 때문에 피곤해서 그렇습니다, 다들 한 번씩 이러죠, 저도 어렸을 때 종종 그랬거든요, 하지만 조금 지나면 괜찮을 겁니다, 성과를 얻고 나면 지난 고생은 말끔히 잊히니까요. 교사는 이 말을 하려고 했다. 그러나 입이 열리지 않았다.

아이가 연주를 마쳤을 때 교사는 무언가를 빠트리고 지나간 듯한 기분이 들었다. 그는 악보와 연주를 되짚어보았다. 한 치도 어긋나는 부분 없이 완벽했다. 그런데도 허전했다. 열두 가지 값비싼 코스 요리를 먹고 나서 물을 마시지 않은 것 같은 기분이었다.

아이는 두 손가락을 오므림으로써 더는 연주하기를 거부했다.

교장이 지시하고, 교사들이 달래고 윽박질러도 한사코 손가락을 펴려고 하지 않았다. 교사가 회초리를 들어도, 연락을 받고 달려온 부모가 타일러도 그랬다. 아무 말도 않고 걷지도 않고 밥도 먹지 않았다. 제재소의 켜놓은 목재나 벽돌 공장의 벽돌로 변해버린 것 같았다. 마치 자신이 오므려버린 손가락 속으로 들어가버린 모습이었다. 시간이 지나도 변함이 없자 어른들은 고개를 내젓기에 이르렀다.

부장 교사의 학생이 후보로 되었고, 아이에게는 퇴교 조치가

취해졌다.

　국제 어린이 콩쿠르를 준비 중인 국립음악학교에서는 참가자 선정에 문제가 생겨 버렸다. 후보로 뽑힌 학생이 갑자기 피아노 치는 것을 거부했기 때문이다.

　기자는 여기까지 써놓고 고민을 했다.

　그가 볼 때도 아이의 연주는 훌륭했다. 하지만 더 이상의 연주를 거부해버린 것이다. 콩쿠르에 나가면 충분히 입상할 수 있는 실력이라서 그는 안타까웠다. 제멋대로 구는 버릇 때문에 골머리를 앓았다는 교사들의 마음도 이해되었다. 누가 옳고 그른지 판단이 어려웠다. 순수와 학습, 자질과 절제, 소수와 다수 사이에서의 혼란이었다.

　고민 끝에 그는 언젠가 섬 주민에게 들었던 일화로 남은 기사 부분을 채웠다.

셈법을 깨우치지 못하는 아이가 섬에 있었다. 그 아이는 12 더하기 19의 풀잇법을 수십 번 배운 다음에도 19 더하기 12는 풀지 못했다. 주민 한 명이 말했다. 이 아이는 낚시에 소질이 있습니다. 오늘 애들이 점심으로 먹었던 농어는 이 아이가 어제 낚았던 겁니다. 그러니 원한다면 낚시를 본격적으로 가르쳐보는 게 어떨까요.

그 아이는 다음 날부터 낚시를 하러 다녔다.

다시 그곳으로

"올 스테이션, 올 스탠바이."

단순하면서도 분명한 목소리가 스피커에서 울려 퍼졌다. 배는 육지와 떨어지기 시작했다. 갑판에 선 사람들은 각도가 조금씩 변하는 항구를 바라보았다. 2년 전 섬을 떠날 때 마을이 그랬던 것처럼 그동안 지냈던 항구 도시가 조금씩 멀어졌다. 선착장에 남은 옷감 장수 가족과 쿠니, 신문기자도 같은 속도로 멀어졌다.

정이 들었던 것은 언젠가는 이렇게 멀어지기 마련이란 것을 그들은 알고 있었다. 남은 이들과 떠난 이들은 보이지 않을 때까지 서로를 향해 손을 흔들었고 조금 있다가 다시 들어 올려 흔들었다. 갈매기가 낮게 날았다.

배가 갈라놓은 흰 물결은 V 자로 퍼지다가 바닷속으로 스며들었다. 항구와 산의 구분이 없어지자 하늘과 바다가 점점 커졌다. 푸른 하늘과 파란 바다는 너무 닮아 있어 서로가 서로를 비추는 거울 같았다. 그러자 주민들은 항구에서 살았던 때가 아주 먼 옛날처럼 느껴졌다. 상관없었다. 그들은 새로운 인생을 위하여 자신들의 섬으로 돌아가는 중이었다.

하지만 감상에 빠져 있을 여유는 없었다. 양과 염소, 닭, 개가 뒤섞인 채 울거나 짖었다. 짐도 많아서 어수선했다. 견장에 황금줄이 세 개 붙어 있는 사람이 다가왔다. 그는 일등항해사였다.

"당신네 대표가 누구인가요?"

"우리는 대표가 따로 없소."

"놀리지 마시오. 꿀벌이나 개미도 대표가 있는데."

"정말이오. 우리는 그런 것 없이 살아왔소."

그는 주민들을 둘러본 다음에 말을 이었다.

"이 동물들은 다 뭡니까. 해양부에서 온 공문에는 동물이 있다는 내용은 없던데."

"우리가 기를 가축들입니다."

"굉장히 많군요. 우선 좀 조용하게 해주시오."

"그냥 두어야지 다른 방법이 없소."

"당신들 가축이라면서요?"

"당신은 당신이 기르는 고양이를 꼬리 치게 할 수 있나요?"

"꼬리 치는 고양이도 있나요? 암튼 좋습니다. 숙소를 가르쳐 줄 테니 따라오시오."

그는 무전기를 켜고 가축에 관해 보고했고 네 알겠습니다, 그렇게 하겠습니다, 하고 대답했다. 칙, 칙, 소리가 번갈아 났다. 주민들은 짐을 들고 항해사를 따라갔다. 실내로 들어서자 두 다리를 격벽에 걸치고 엎드려뻗쳐를 하는 사람이 있었다. 신음 소리가 났고 바닥에는 땀방울이 동그랗게 고여 있었다. 주민들이 발을 멈추고 그를 바라보았다. 일등항해사가 돌아보았다.

"그 사람은 벌을 받는 겁니다. 신경 쓰지 말고 얼른 따라오시죠."

"무슨 잘못을 저질렀는지 모르겠지만 용서해주시구려."

"선장님의 지시입니다. 내 마음대로 용서해줄 수가 없습니다."

"……."

"이 갑판원은 상륙금지를 어기고 어젯밤 몰래 육지에 다녀왔소. 예전 같으면 매를 때렸을 거지만 요즘은 많이 좋아졌죠."

"좋아 보이지는 않는데요."

"하급선원들은 이렇게 다루지 않으면 안 됩니다. 자, 얼른 지정된 장소로 이동하시죠. 사실 정부의 지시 때문에 우리도 어쩔 수 없이 여러분을 태웠을 뿐입니다. 최대한 빨리 모셔다드리고 다른 나라로 곡물을 실으러 가야 합니다. 늦으면 아주 큰 손해를 보니까요."

주민 한 명이 수건으로 그의 땀을 닦아주었다.

주민들에게 배당된 숙소는 작은 방 두 개와 식당칸이었다. 화물선에는 주거 시설이 부족하여 여분의 공간이 없었다. 그들은 큰 짐을 방에 넣어두고 모두 식당에서 지내기로 했다. 넓어서 식탁과 의자를 치우고 담요를 까니 잘 만한 자리가 생겼다.

가축을 보관할 수 있는 장소로는 화물칸이 배정되었다. 1층 갑판에서 계단을 타고 내려간 곳에 있었다. 격벽에 이러저러한 파이프가 돌출되어 있었고 어두컴컴한 구석에는 곡물 찌꺼기가 보였다. 가축들이 계단을 어색해해서 일일이 보듬어 내렸다. 염소가 울고 양도 울었다. 낑낑대는 개를 달래고 도망치는 닭을 잡기 위해 그들은 애를 써야 했다. 그리고 한 시간에 두 명씩 교대로 가축을 돌보기로 했다.

선원들 식사가 끝나자 주민들 차례였다. 남은 음식이 많지 않았기에 그들은 준비해 온 식품을 꺼내서 나눠 먹었다. 식기 또한 부족해서 스무 명이 먼저 식사를 하고 그릇을 씻어놓으면 그다음 스무 명이 식사를 했다. 청소를 마치고 이부자리를 펴고 있을 때 일등항해사가 내려왔다.

"여러분이 지켜야 할 규칙을 이야기하겠소. 첫째, 저녁 6시 이후에는 갑판으로 나갈 수 없습니다."

"그렇다면 노을을 볼 수 없잖소."

일등항해사는 대꾸한 사람을 쳐다본 다음 손가락으로 벽을 가리키며 말을 이었다.

"둘째, 일몰 이후에는 저기 볼트 창 커튼을 꼭 닫아서 불빛이 새나가지 않도록 해야 합니다."

그가 가리키는 곳에 좁고 동그란 유리창이 있었다. 바닷물이 들어오지 못하게 하려고 커다란 볼트 여러 개로 꼭 조여놓은 거였다.

"알겠습니다."

"셋째, 물을 너무 많이 쓰는 사람은 벌금을 내야 합니다."

이 말에는 대꾸가 없었다. 그들은 무엇이든 너무 많이 써본 적이 없었다.

"넷째, 여러분의 동물들이 갑판을 돌아다니지 못하도록 관리하시기 바랍니다."

"그것은 이미 하고 있소. 지금도 두 사람이 가축들을 보살피고 있죠."

일등항해사는 다음 지시를 내렸다.

"그 외, 안전한 항해를 위협하는 어떤 행위도 용납되지 않으므

로 이 점 잘 기억하시기 바랍니다."

"그 말은 너무 모호하군요. 구체적으로 말해주시오."

"저는 선장님 지시를 전달만 할 뿐입니다."

첫날 밤이 지나갔다. 잠이 편안하지 않았다. 자리가 비좁고 바닥이 딱딱한 것은 괜찮았지만 배가 쉬지 않고 흔들린 데다 엔진의 울림이 불편하게 했다. 모두 섬으로 돌아가고 있다는 사실만 생각했다. 섬이 어떻게 바뀌었는지도 궁금했다. 2년 동안 화산과 지진이 일어났다면 모든 게 변해 있을 것이다. 용암이 마을을 덮었다니 밭도 그렇게 되었을 것이다. 그러나 소식을 전해준 관리에 의하면 섬은 그대로 있다고 했다.

주민들은 새로 합류한 가족에게 섬의 생활에 대하여 이러저러한 이야기를 해주었다. 높은 화산 분지와 산들바람에 몸을 흔드는 야생화, 별빛 어른거리는 잔잔한 밤바다, 농어와 민어 낚시, 섬의 유일한 법조문인 '어느 누구도 어느 누구보다 높지 않다' 같은 거였다. 인사법도 가르쳐주었다. 측량사가 사내의 어깨에 손을 대며 말했다.

"저는 당신보다 높지 않습니다."

사내가 따라 했다. 또 아내와 서로 마주 보며 그렇게 했다. 가축 담당은 먹이를 주고 그사이 싸놓은 똥을 치우고 오줌을 닦은 다음 교대 조가 오기를 기다렸다. 오르내리는 중에 갑판에 서서 밤바다를 바라보기도 했다. 어두운 바다 저 멀리서 습기 가득한 바람이 불어왔다.

둘째 날은 아침부터 비가 내렸다. 주민들은 일어나 자리를 정리한 다음 선원들이 식사를 마치기를 기다렸다. 갑판장은 벌을 섰던 갑판원과 식사를 했다. 둘은 옷이 젖은 상태였다. 일등항해사가 말했다.

"오늘은 비가 내리고 있습니다."

"알고 있소."

"선장님의 지시에 의해 여러분의 출입은 통제됩니다."

"그것은 너무하오. 종일 이곳에 갇혀 있는 것은 사람을 답답하게 합니다. 우리도 바람을 쐬고 싶고 바다를 보고 싶소."

"비가 오면 갑판이 미끄럽습니다. 이 배는 모두 철판으로 되어 있어서 넘어지기라도 하면 위험합니다. 이 모든 게 여러분의 안전을 위한 조치입니다."

"우리를 위해서라면 안심이 되고 따르고 싶은 마음이 들어야 하는데 그런 마음이 들지 않소이다. 잠시라도 나가게 해주시오."

"안 됩니다."

"우리가 위험하다면 당신네도 위험할 거 아닙니까."

"선원들은 모두 안전화를 신고 있습니다. 하지만 여러분은 보통 신발을 신고 있잖습니까."

"고작 신발 때문이라면 조심하면 될 문제로 보이오."

주민들은 물러서지 않았다. 그것은 일등항해사도 마찬가지였다.

"이곳엔 의사도 없어요."

"당신 말대로 다친 사람이 생긴다면 어떻게 하지요?"

"삼등항해사가 의료 담당입니다. 만약에 살이 찢기면 그가 직접 바늘로 꿰맵니다. 하지만 그는 넉 달 전에 해양학교를 졸업하고 승선했지요."

"……."

"출입을 통제하는 이유를 아시겠죠?"

"알겠소. 그런데 우리는 선장님 얼굴도 아직 보지 못했소. 식사 시간에 인사할 생각이었는데 내려오지 않으시더군요."

"선장님은 자신의 방에서 식사를 하십니다."

비는 하루 종일 내렸다. 볼트 창으로 바라본 바깥은 빗물 때문에 흐렸고 부정확했다. 간혹 멀리서 다른 배들이 지나가는 것 정도만 확인할 수 있었다. 무료해진 그들은 조리장 일을 도와주었다. 여자들은 야채를 다듬고 냉동 생선을 손질했다. 사내들은 대형 냉장고 정리와 청소를 했다. 배에는 사람이 드나들 수 있는 커다란 냉장고와 냉동고가 다섯 개나 있었다. 종류별로 음식 재료가 보관되어 있지만 필요한 것만 가져다 쓰고 오랫동안 뒷정리를 미뤄뒀기 때문에 지저분하고 뒤죽박죽이었다.

조리장은 칸마다 돌아다니며 버릴 것, 당장 필요한 것, 나중에 필요한 것, 그리고 새로 쌓아둘 것의 위치를 구분해주기만 했다. 몇 시간 뒤 오랫동안 골머리를 앓아온 그의 문제가 해결되었다. 100명 정도의 사람이 배를 타게 되었다고 들었을 때 생겼던 짜증과 근심이 사라지는 것을 스스로 느꼈다. 주민들은 그의 얼굴이 밝게 변하는 것을 보았다. 조리장은 커다란 솥에 차를 끓여 주민들을 대접했다. 아이들에게는 쿠키와 우유를 주었다.

이제 주민들은 조리대가 비었을 때 자신의 요리를 해 먹을 수 있었다. 점심때 그들은 국수를 삶아 나눠 먹었다. 출입을 마음대로 할 수 없다는 것을 제외하고는 크게 불편하지 않았다.

"어쩌면 큰 파도가 올지 몰라요."

가축 보관창을 다녀온 주민 한 명이 말했다. 그는 예전 섬에서 가축을 관리하던 주민이었다. 육지에서도 농장 일을 했었다. 사람들은 들었다.

"가축들 우는 소리가 달라요."

"어떻게 다르죠?"

"자세히 설명하기는 어려워요. 처음에는 흔들리는 배가 불안하여 서로 안으로 파고들려고 했죠. 동료가 자신을 감싸 안아주기 바라는 것처럼 말이죠. 우리도 그러잖아요. 하지만 지금은 어딘가로 가고 싶어서 안절부절못하고 있어요. 보통의 경우라면 이제 안정되어야 하는데 말이죠. 아무리 쓰다듬고 달래주어도 마찬가지예요."

"……."

"다른 곳으로 도망치고 싶은 거죠. 그것은 이곳이 불안하다는 뜻이겠죠."

듣는 이들은 고개를 끄덕였다. 그들이 섬에서 살 때도 그런 경우가 적잖았다. 급작스러운 날씨 변화가 생기면 동물들이 먼저 알아차렸다. 새가 자취를 감췄으며 갯바위 사이에서 사는 갯강구, 게, 고동 따위도 보이지 않았다. 물고기도 잡히지 않았다. 그러면 얼마 지나지 않아 큰 풍랑이 일었다.

그들은 바다 날씨에 대해 의견을 나누었다. 지금처럼 북풍에서 남풍으로 계절풍이 바뀌는 계절에 해류가 급하게 흐르는 시

123

기가 되면 강력한 돌풍이 발생하기도 했다는 것을 기억해냈다. 계산을 해보니 해류가 급해지는 시기였다. 그들은 저녁 시간에 일등항해사에게 그 말을 전했다. 의견은 묵살되었다.

오후가 오전과 다를 바가 없었듯이 저녁도 오후와 다를 바 없었다. 밤도 지난밤과 같았다. 날이 흐렸고 배는 흔들렸다. 어제보다는 오늘이 섬에 더 가까워졌다는 것만 달랐다.

셋째 날이 찾아왔다. 거칠어지기 시작한 바람 소리와 주방에 걸려 있는 냄비와 국자가 서로 부딪치는 소리를 밤새 들어야 했던 주민들은 이제는 자신의 몸이 심하게 움직이고 있다는 것을 알게 됐다. 앉아 있는 사람들은 거울을 보듯 좌우로 똑같이 움직였다. 아이들은 멀미를 시작했다. 그들의 부탁을 받은 조리장이 선내 전화로 일등항해사를 불렀다. 그가 빗물을 털고 들어섰다.

"선장님과 만나게 해주시오."

"무슨 일 때문에 그러시죠?"

"날씨가 심상찮소. 어제 이야기한 대로 우리는 이쪽 바다에서 일어나는 돌풍의 특징을 알고 있소이다. 선장님과 지도를 보면서 이야기 나누고 싶습니다."

"당신들에게는 그런 권한이 없습니다."

"권한의 문제가 아니오. 이 계절에는 남풍이 불기 시작할 때와 해류가 빨라지는 시점이 맞물렸을 때 아주 높은 너울이 만들어지곤 하죠. 지금이 그때인 것 같아서 하는 말이오."

"자꾸 이러시니 제가 해양학교 학생이 되어 교육을 받는 것 같군요."

"기분 나빴다면 용서하시오. 하지만 동물들의 변화가 불안합니다. 우리 섬에서 북서쪽으로 40킬로미터 정도 떨어진 곳에 기다란 형태의 섬이 있어요. 산도 높습니다. 여기 이 사람이 그곳 출신이어서 이 정도 크기의 배가 피할 만한 곳을 잘 알고 있답니다."

"배의 진로에 관해서는 선장님이 판단하십니다. 걱정하지 않아도 여러분을 섬까지 잘 모셔다드릴 겁니다."

조리장이 다가와서 말했다.

"끼어들어 죄송하지만, 이분들 의견도 일리가 있는 것 같으니 선장님을 뵙도록 해주시죠. 동물들이 공포에 떨고 있다는 말을 들으니 공연히 저도 걱정이 됩니다."

일등항해사는 조리장을 날카롭게 바라보았다.

"선장님이나 우리 항해사들 판단보다 양이나 염소가 무서워 우는 것을 더 신뢰한단 말이오?"

조리장은 마른침을 삼켰다.

"당신에게 경고하겠소. 아마 함께 지내서 가까워진 모양인데 그렇다고 이분들의 단순한 경험을 믿고 우리의 판단을 의심한다는 것은 말도 안 되는 짓이오. 안전 항해가 우리의 임무인 것처럼 당신의 임무는 제때 식사 준비를 하는 것이오. 착오하지 마시오."

일등항해사는 다시 주민들에게 고개를 돌렸다.

"우리는 고국의 기상청으로부터 매시간 기상도를 팩스로 받아 보고 있소. 그것을 근거로 판단하고 진행할 것입니다."

"그렇지만 돌풍이 일어나면 기상도를 받아봐도 이미 늦지 않

소?"

다른 주민도 말했다.

"우리는 같은 배를 탄 사람들 아닙니까. 그런데 아직 선장님 얼굴도 못 봤습니다. 이해가 되지 않습니다. 우리의 마음이 선장님이나 항해사님에게 갈 수 없다면 당신들의 마음도 우리에게 올 수 없죠."

일등항해사는 잠시 침묵하다가 입을 열었다.

"아무래도 이 배의 절대 규칙에 대해 말씀드려야겠군요."

"그게 뭐죠?"

"어떤 경우에도 무조건 지켜야 하는 것입니다. 첫째."

주민들은 모두 귀를 세웠다.

"선장은 언제나 옳다."

"만약 선장이 틀렸을 경우는 어떡하죠?"

"둘째가 그것이오. 둘째, 선장이 틀렸을 경우."

"……."

"첫 번째로 돌아간다."

선원 출신인 주민이 대꾸했다.

"그런 규칙은 내가 탔던 배에도 있었소. 내가 난파를 당하고 나서 더는 배를 타지 않고 섬에서 살았던 이유는 그런 규칙이 싫었던 거요."

"당신 같은 선원이 탔었기에 그 배는 난파당했을 겁니다."

파도는 더 높아졌다. 좌우로 롤링하던 배도 어느 순간부터 앞뒤로 피칭을 했다. 이제는 바닥에 앉아 있는 것조차 불가능해졌다. 거칠게 원을 그리던 주걱과 국자는 내팽개쳐지듯 떨어졌다. 사선으로 변하는 수평선 모습이 볼트 창으로 들어왔다. 그곳으로 내다본 바깥은 바람을 만나 하얗게 부서지고 있는 거친 파도뿐이었다.

배는 파도에 부딪힐 때마다 움찔거렸고 그 때문에 선수에서 부서진 거대한 포말이 갑판을 덮쳐왔다. 배의 모든 구조물이 부서질 듯 떨었다. 파도 다음에 그다음 파도가 있어서 충격은 계속되었다.

아이들은 신음하거나 울었다. 방향을 잃고 기어 다니는 애들도 있었다. 사람들이 토닥거리며 달래봐도 효과가 없었다. 그들도 표정이 좋지 않았다. 급기야 어른들이 멀미에 시달리기 시작했다. 특히 새로 합류한 가족은 사색이 되어 있었다. 얼굴에 불안과 후회가 잔뜩 몰려 있었다.

오후가 되자 물마루가 생겨났다. 파도의 폭이 넓어진 데다가 높아져서 바다가 2층으로 보였다. 선수의 포말은 이제 화물칸을 타고 넘는 정도가 되었다. 배는 속도를 줄인 채 전진하고만 있었다.

조리장과 쿡도 쩔쩔맸다. 조리장의 보조인 쿡은 젊은 청년이었다. 승선한 지 두 달밖에 되지 않았다는 그의 얼굴에서도 핏기 하나 찾아볼 수가 없었다. 그는 일을 하지 못하겠다고 우기다가 조리장에게 칼 뒷등으로 머리를 얻어맞았다. 마지못해 접시를 늘어놓았고 그러다가 나뒹굴었다. 접시와 음식이 바닥에 내팽개쳐졌다. 그는 깨진 접시 사이에서 쓰러진 채 울었다. 조리장이 호통을 쳤다.

"당장 일어나. 물에 빠져 죽더라도 우리는 밥을 차려야 한다. 그게 우리의 일이라고 한 일등항해사의 말 못 들었어?"

그러나 점심을 먹으러 오는 사람은 아무도 없었다. 그래서 일등항해사와 이야기할 수가 없었다. 새로운 가축 담당이 내려가고 한참 지나서야 앞에 내려갔던 두 사람이 올라왔다. 그들은 바다로 튕겨 나가지 않기 위해 갑판 난간을 붙들고 씨름을 한 끝에 간신히 올라올 수 있었다. 흠뻑 젖어버린 두 사람이 차례대로 그곳의 상황을 전해주었다.

"양 두 마리와 염소 한 마리가 죽었소. 닭도 몇 마리 보이지 않는 것 같고."

"부서진 파도가 저 위의 조타실까지 덮치고 있어요. 마구 소용돌이치는 세탁기 속 같아요."

주민들은 일등항해사를 불렀다. 그가 오자 남은 가축을 옮길 수 있도록 공간을 마련해달라고 부탁했다. 그는 주방 기둥을 붙든 채 기울어지는 몸을 버티며 대답했다.

"그럴 여분의 공간이 없어요. 그리고 위험하니 이제부터 가축 보관창으로 내려가지 마십시오."

측량사가 배의 위치에 대해 묻고 지금이라도 피항을 가는 게 낫겠다고 말했다. 일등항해사는 측량사에게 대답했다.

"선장님이 알아서 하신다고 했잖아요."

"어제부터 말하고 싶었는데 우리는 명령에 절대복종해야 하는 선원이 아니오."

"나도 어제부터 말하고 싶었소. 사실 이 배는 사람을 태울 수 없는 배요. 보다시피 곡물 벌크선이죠. 화물선이란 말입니다. 정부의 특별 명령으로 어쩔 수 없이 당신들을 실었지만 법적으로 당신들은 화물이죠."

"법이 그렇다고 해도 우리는 사람이오. 그것은 당신도 알고 있잖소."

"......"

"이제는 배를 돌릴 수 없겠죠? 이 정도로 피칭이 심하면 계속 앞 파도를 헤치고 나가는 수밖에 없으니."

선원 출신의 주민이 끼어들었다. 그의 말은 사실이었다. 피항

하기 위해 배를 돌리는 순간 전복될 위험이 컸다. 일등항해사는 굳은 얼굴로 그를 바라보았다.

"우리의 의견을 들었어야 했소."

"불편과 손해를 감수하면서까지 당신들에게 편의를 제공하고 있는데 자꾸 우리를 괴롭히는군요. 규칙을 지켜달라고 말씀드렸잖아요."

"잘못된 규칙이잖소."

"아닙니다. 그리고 설사 잘못된 규칙이란 생각이 들더라도 따라야 합니다."

"우리는 그렇게 생각하지 않습니다. 이미 그게 잘못된 거라는 것을 알고 있잖아요. 옳은 것을 지키는 것이 규칙이어야 하죠."

"불만은 어떤 경우에도 생깁니다. 안전한 항해를 위해서 가장 중요한 것은 규칙에 대한 복종입니다."

선원 출신이 입을 다물고 다른 주민이 입을 열었다.

"우리 때문에 고생하는 것은 미안합니다만 아무리 생각해봐도 선장이 옳다는 그 규칙 두 가지는 잘못된 것 같소. 사람이라면 누구라도 틀릴 수가 있기 때문이죠. 그런 것은 아마 당신처럼 앞으로 선장이 될 사관 선원들이 만들었을 거요."

"모든 선원이 동의하는 것입니다."

"그 동의도 지시에 의한 것일 수 있잖소, 더군다나 우리는 동의가 되지 않습니다. 동의가 되어야지 선장님의 지시에 따르고 싶은 마음이 저절로 들겠죠."

"법적인 화물이라는 표현은 좀 심했지만 어쨌든 여러분은 그저 편승객일 뿐입니다. 배의 진로를 당신들이 정할 수는 없소."

"우린 그저 이 좁은 곳에서 공포에 떠는 것만은 피하고 싶었을 뿐입니다. 좋은 규칙이라면 우리가 이렇게 무서워하지 않게 되겠지요."

"이런저런 요구를 들어주다 보면 금방 무질서하게 되어버립니다. 배와 바다는 극한의 현장입니다. 이런 곳에서는 여러 사람이 의견을 떠드는 것보다는 강력한 지도자가 판단하고 실행하는 것이 더 효과가 있죠."

"이해합니다. 그런데 우리가 육지에서 살 때 보니까 그곳의 지도자들은 남이 어떻게 해야 하는지는 잘 알고 있지만 자신이 어떻게 해야 하는가에 대해서는 잘 모르고 있더군요. 부탁이오. 선장님을 한 번만 만나게 해주시오."

"그런 것은 우리에게 맡기고 이곳에서 안전하게 그냥 계십시오."

"만약 풍랑에 배가 가라앉으면 이 배 안에서 안전한 곳이 따로 있나요?"

"……."

"우리의 생사가 걸린 상황인데 아무것도 모른 채 그냥 있어야 한다면 노예와 다를 게 뭐가 있겠소. 도대체 선장님이 어떤 생각을 하고 계신지 궁금하오."

"여러분을 섬까지 모셔다드릴 수 있도록 최선을 다하고 계십니다."

"그러시겠지만, 우리가 불안하면 선장님도 불안하실 거 아닙니까."

"선장님은 경험이 많은 분이십니다. 그래서 그분의 판단은 절대적입니다. 들어보셨겠지만 그런 권위 때문에 선장이란 직책은 유사시 자신의 최후를 배와 함께하는 자리입니다."

"죽고 나서 책임감을 인정받으면 뭐하나요? 이미 다른 사람도 죽게 만들어버린 다음일 텐데요."

밤중에 거대한 돌풍이 발생했다. 배는 저 깊은 곳을 향해 곤두박질치다가 해체될 듯 몸부림을 치면서 솟구쳐 올랐다. 파도가 부서지면서 부챗살처럼 뿜어져 나왔다. 하늘로 날아오르는 잠수함 같았다. 끝없이 솟구치던 뱃머리는 순간 멈칫하더니 반대 각도로 깊숙하게 처박혔다. 배의 전진과 물의 저항이 만나면서 발생한 거대한 물보라가 선체를 두들겼다. 바닷속으로 떨어지는 비행기 같았다.

그전까지는 심하게 요동을 치긴 했어도 롤링과 피칭이 규칙적이었다. 그러나 이제는 그 무엇도 아닌 뒤죽박죽이 되어버렸다. 거듭 솟구친 배는 너무 높이 올라가버려서 중심을 잃고 옆으로 쓰러지는 듯했다. 커다란 삼각파도가 넘어지는 쪽을 쳐올렸다. 배는 마구 흔들리다가 간신히 중심을 잡았고 그러자마자 수면 아래로 돌진해 들어갔다.

파고드는 힘이 너무 강했다. 선수가 물속으로 빨려들더니 급기야 갑판도 수면 아래로 들어갔다. 커튼이 한쪽으로 밀려난 탓에 볼트 창이 고스란히 드러났다. 창에 달린 무수한 물방울이 식당 불빛에 반사되었다. 최후의 순간처럼 그대로 가라앉을 듯했는데 그러다가 부르르 떨고는 간신히 치솟아 올랐다.

측량사가 커튼을 핀으로 고정하고 나서 나뒹굴었다. 머리가 벽에 부딪혔다. 그의 몸 위로 다른 사람들이 쏟아지듯 올라탔다. 뒤이어 통째로 반대쪽으로 뒹굴었다. 사람과 주방 기구와 짐 보따리가 구분이 없었다. 아이들은 자지러지게 울고 여자들은 탄식과 함께 비명을 내질렀다. 사내들도 마찬가지였다.

어른 중 일부는 끝내 울음을 터뜨렸고 또 일부는 가족과 자기 주변 동료들에게 마지막 인사를 했다. 또 다른 일부는 수취인 불명의 유서를 썼다. 하지만 글씨가 반듯하지 못해서 자신도 못 읽을 정도였다. 알 수 없는 말을 중얼거리는 사람도 있었고 기절한

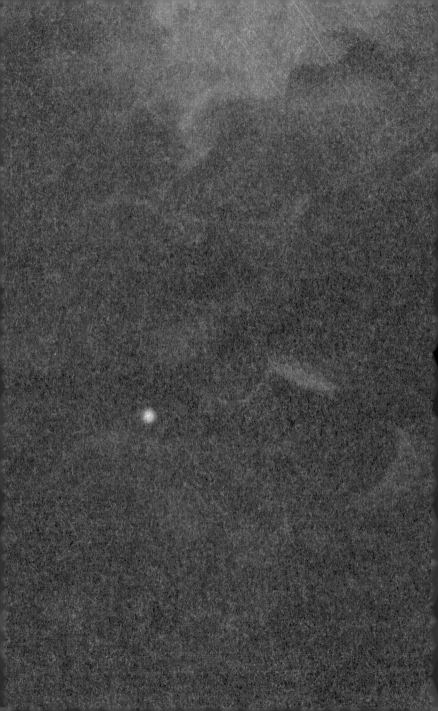

상태로 몸만 좌우로 구르는 사람도 있었다.

밤새 배는 지옥 문턱을 들락거렸다. 점차 울음이 사라지고 조금 뒤에는 비명도 수그러들었다. 그리고 아무도 소리 내지 않는 상태가 되어버렸다. 넋이 빠진 상태로 네모난 공간 안을 굴러다니기만 했다.

어느 순간 날이 밝았으나 잠과 혼수상태가 뒤섞인 상태에 빠진 주민들은 알아차리지 못했다. 시간이 흐른 다음 사내들 몇몇이 정신을 차렸다. 그들은 위험한 주방 기구를 치우고 나서 사람들 상태를 살폈다. 정신을 잃어버린 사람을 주무르고 뺨을 툭툭 쳤다. 그러고 나서야 파도가 줄어들었다는 것을 알아차렸다.

배는 이제 어느 정도 평온을 되찾은 것처럼 보였다. 그러나 모든 게 만신창이였다. 아이들은 불안 상태에서 회복되지 못했고 부딪혀 다친 사람도 여럿이었다. 건장한 사내들도 해쓱한 얼굴을 한 채 다리를 떨었다. 가장 혹독한 곳은 가축 보관창이었다. 그곳에 다녀온 주민은 염소 두 마리만 창고 구석에 목이 꺾인 채 누워 있고 그 외의 것은 아무것도 보이지 않는다고 말했다. 모두 바닷물에 휩쓸려 간 것이다.

엉망이 되어버린 짐을 다시 묶고 있는데 하선을 준비하라는 안내 방송이 나왔다.

그들 중 대부분은 며칠 만에 처음으로 갑판에 나와 시원한 공기를 맡을 수 있었다. 배도 잔뜩 시달린 모습이었다. 선수의 마스트는 부러져 있고 화물칸의 덮개도 모두 사라진 상태였다.

돌풍의 여파로 흰 파도가 남아 있는 물결 너머로 그들의 섬이 보였다. 마을은 보이지 않았다. 가장 큰 건물이었던 학교도 사라 져버린 상태였다. 대부분 화산재가 덮여 새로운 땅이 되어 있었 고 드문드문 밭의 흔적만 남아 있었다. 그들이 바위를 굴려 만들 어놓았던 방파제도 비슷한 상황이었다.

어른 사내 스무 명이 첫 번째 구명정에 올라탔다. 조기장이 크 레인으로 구명정을 내렸다. 운전은 갑판장이 했다. 얼굴이 창백 하기는 그들도 마찬가지였다. 구명정이 섬에 닿았으나 마땅히 댈 곳이 없었다. 그들은 물에 뛰어들어 급하게 돌을 옮기고 쌓아서 구명정이 닿을 수 있도록 했다. 그다음에는 여자와 아이들이 옮겨갔다.

먼저 간 사내들이 그들을 업거나 안아서 내려놓았다. 짐과 염소 사체까지 싣고 옮기느라 구명정은 여덟 번이나 왕복해야 했다. 측량사와 몇몇 사내는 뒷정리를 하고 마지막에 올라탔다. 타기 직전 일등항해사가 다가왔다. 측량사는 오른팔을 일등항해사 왼쪽 어깨에 올렸다.

"이게 우리 마을의 인사법이죠."

그리고 그는 조타실을 올려다보았다. 그곳에는 쌍안경으로 갑판을 내려다보는 사람이 있었지만 선장인지, 다른 항해사인지, 또는 조타수인지 구분할 수 없었다.

"당신네 배의 선장님은 신이 되고 싶었던 모양이오."

"무슨 뜻이죠?"

일등항해사가 물었다.

"우리에게 굉장히 중요한 존재이면서도 얼굴을 보지 못한다면 그게 신 아니겠소?"

구명정이 마지막으로 그들을 내려놓고 돌아갔다. 주민들은 배를 향해 손을 흔든 다음 일제히 돌아서서 마을이 있었던 곳으로 걸어갔다. 배도 제 갈 길을 향해 출발했다.

행복이라는 말이 없는 나라

오전 회의가 끝난 뒤 기자는 전화를 걸었다. 아내는 받지 않았다. 아침에 그녀는 아이의 학교에 가달라고 말했고 그는 거절했다. 그런 일은 지금까지 그의 몫이 아니었다. 그러자 아내는 친구들과 트레킹 가기로 약속되어 있다고 대꾸했다. 그는 취재 일정이 잡혀 있는 데다 회사의 기념일 준비에 맞추어 해야 할 일이 많다고 대답했다. 그러다 보니 학교에 누가 갈 것인지를 정하지 못한 채 대화가 끝나버렸다.

기자는 먼저 경찰서에 들러 지난밤 일어난 사건 사고를 체크했다. 노상강도 사건이 있었고, 지하철 투신자살 시도가 있었다. 강도를 당한 사람은 40대 중반의 여자였고, 자살 시도자는 60대 남자였다. 여자는 지갑을 털렸지만 다친 곳은 없었다. 강도 하나 잡지 못하는 무능한 존재들이라며 그녀는 경찰을 상대로 화를 내고 있었다. 60대 남자는 지하철이 들어올 때 몸을 던졌는데 술에 취해 넘어진 건지 뛰어내린 건지 그 자신도 헷갈려하고 있었다.

그중에서 그는 차를 훔쳐 달아나다 사고를 낸 소년 이야기를 기사 꼭지로 정했다. 새벽 1시, 시동이 걸린 채 서 있는 자동차를 발견한 소년은 충동적으로 그것을 몰았으며 400미터 정도 가다가 가로수와 헤어숍 정문 유리창을 차례로 들이받았다. 커브에서 속도를 줄이지 못한 게 원인이었다. 사고 경위를 메모한 기자는 유치장에 갇혀 있는 소년과 인터뷰를 시도했다.

"그 시간에 왜 시내에 있었니?"

"맨날 그러는데요."

"그렇구나. 그러면 차를 훔친 이유는 뭐지?"

"시동이 켜져 있고 사람은 없었어요."

"그런다고 남의 차에 올라타?"

"그런 차를 한번 몰아보고 싶었어요. 어떤 기분이 드는지."

그 애가 훔친 차는 억대가 넘는 고급 자동차였다. 에어백 덕분에 소년의 얼굴에는 상처 하나 없었다.

"그래, 어떤 기분이 들었니?"

"모르겠어요. 한 번 더 몰아봐야 알겠어요."

차는 앞부분이 심하게 찌그러져 있었다. 소년에게는 수리비를 변상할 만한 돈이 없었다. 어머니는 가출했고, 아버지는 지방 공사 현장에서 일을 하고 있는데 한 달에 한 번 정도 집에 온다고 설명했다. 차 주인은 처벌을 요구했다. 소년은 말을 이었다.

"몸으로 때울 거예요. 그런데 얼마나 갇혀 있게 될까요?"

그것은 판사가 정할 거라고 기자는 대답했다.

소년과 헤어진 기자는 한창 주가를 올리고 있는 회사의 총수를 찾아갔다. 세 번이나 미뤄진 다음 이루어진 인터뷰였다. 총수가 늘 해외 출장 중이었기 때문이다. 그는 1년 동안 비행기를 타고 100만 킬로미터를 이동한다고 알려진 사람이었다. 시간의 대부분을 출장으로 보내는 것이다. 마치 하늘에 떠 있기 위해 태어난 사람 같기도 했다.

총수는 저녁에 다시 외국으로 출장을 갈 계획이었다. 인터뷰
는 그의 집무실에서 10여 분간 이어졌다. 기자는 경제부가 아닌
사회부 소속이었으므로 경제 동향과 수출입 관련 질문은 하지
않았다. 대신 총수의 인간적인 면모에 대해 쓸 계획이었다. 여가
시간은 어떻게 보내는가에 대해 그는 질문했다.

"쉬는 시간은 따로 없어요. 일이 쌓여 있는데 쉰다는 게 말이
되나요?"

총수와의 인터뷰를 생각하게 된 동기는 작년에 병원에서 뛰
쳐나갔다는 소식을 듣게 된 뒤였다. 수입상과의 계약 일정이 바
뀌자 수술을 거부한 것이다. 어떤 계약이었기에 수술보다 더 급
했던 건지, 무엇이 그렇게 판단하게 만들었는지 그는 궁금했다.
그러나 거기에 대한 답은 자신의 외모만큼이나 평범했다. '중요
한 건이라서.'

기자가 준비해간 질문은 일곱 개 정도였다. 어렸을 때의 환경,
작년에 발간했다는 자서전, 시차를 어떻게 이겨내는지 따위였

다. 그러나 그의 입에서는 각 국가의 국민 수, 총 생산량, 개발 가능 계수와 관련된 수치만 계속 이어졌기에 질문을 제대로 할 수가 없었다. 이를테면 시차 극복 방법에 대해 물으면서 가장 먼 두 곳을 예로 들었는데 총수는 곧바로 극지의 바다와 세상에서 가장 높은 산맥에 있는 어떤 자원의 매장량, 채굴과 이동 비용, 투자 설비 등을 이야기했다.

그도 취재하면서 가본 적이 있었기에 그때 보았던 아름다운 풍경이 잠깐 떠올랐다. 오랜 시간 이어지던 극지 바다의 노을과 눈에 덮인 채 엄청나게 높이 솟구쳐 있는 산맥이었다.

"약속하신 상임위원장님 만나실 시간이 됐습니다."

비서가 들어와 말했다. 늘씬한 미녀일 거라는 보통의 짐작과는 달리 키가 크고 건장한 청년이었다.

"벌써 시간이 그렇게 되었군."

"남자 비서를 두는 이유가 따로 있나요?"

"청년들이 튼튼하기 때문이죠."

그건 총수와 관련된 자료를 조사하면서 알고 있었다. 이런 인

터뷰의 경우 알고 있는 것을 질문하는 경우가 많으니까. 그가 살펴본 바로는 총수의 비서는 3년을 못 견디고 이직을 한다고 했다. 가족 관계에 대한 질문 하나를 더 하는 정도에서 인터뷰는 마쳐야 했다.

그는 본사로 돌아왔다. 두 개의 기사를 작성해서 넘긴 다음 대여섯 개씩 원고를 써대고 있는 인턴 기자들에게 몇 마디 조언을 해주고는 옥상으로 올라갔다. 바람은 시원했으나 그는 홀가분하지 못했다. 큰아이 담임의 호출과 등산을 가겠다는 아내가 자꾸 떠올랐기 때문이다.

옥상에는 창사 50주년 기념 애드벌룬이 굵은 밧줄에 묶인 채 하늘로 솟구쳐 있었다. 힘차게 올라가 있었기에 그것은 지난 50년을 추억하는 것보다는 앞으로의 50년을 계획하고 있는 물건처럼 보였다.

그에게는 당장 써야 할 원고가 더 있었다. 신문사 자회사인 월간지에 제법 긴 분량의 원고를 써주는 대가로 상당한 액수의 수

당을 받고 있었다. 그런 과외 벌이는 아파트를 살 때 빌린 대출금 상환에 큰 도움을 주었다. 그에게는 대출을 빨리 갚고 더 늙기 전에 많은 적금을 확보해놓아야 한다는 부담이 있었다.

이번에 다룰 것은 원자력 발전소 인근 마을의 환자들이었다. 취재는 마친 상태였기에 그들이 처한 상황이 심각하다는 것을 잘 알게 되었는데, 그런 게 그에게는 돈이 된다는 사실이 조금은 마음을 불편하게 했다. 그래서 수당을 받으면 반 정도는 기부를 해야 하는 건 아닐까, 고민했지만 오래가지는 않았다. 그는 아직도 인생을 준비해야 했다.

어렸을 때 엄마가 말했다.

"내일부터 학원에 다녀야 해. 그렇지 않으면 뒤떨어지니까."

그는 그렇게 했다. 학교에 들어가서 배워야 할 것들을 학원에서 미리 배웠다. 학교란 학원에서 배운 것을 다시 되풀이해주는 곳이었다. 대학에 갈 때까지 그랬다. 그러는 동안 키가 자랐고 몸무게도 늘었다. 술을 마셔도 되고 투표도 할 수 있는 성인이

된 것이다. 사람들이 말했다.

"준비를 해야 해. 준비하는 자만이 성공할 수 있으니까."

그는 그렇게 했다. 수업에 빠지지 않았고 나머지 시간에는 도서관에 앉아 있었다. 그렇게 다가올 진짜 인생을 준비했다. 그래서 좋은 점수로 졸업을 하고 거대 신문사에 수습기자로 취직을 했다.

학생 신분을 벗어난 그는 이제 본격적인 인생이 시작되었다고 생각했다. 기자 신분증이 생기고 복장과 들고 다니는 가방도 바뀌었으니 그럴 수 있었다. 사람들이 말했다.

"수습 기간에 열심히 준비해야 해. 그래야 기자 일을 잘할 수 있으니까."

그는 그렇게 했다. 회사와 데스크의 지시를 훌륭히 수행했다. 새벽부터 정치 사회 문화 관련 현장을 찾아갔으며 밤늦도록 사무실 불을 끄지 않았다. 축구와 배구 시합도 찾아가 취재와 인터뷰를 하고 기사를 썼다. 회식이 있는 날은 술에 취한 선배의 귀가를 도왔고 그런 사이사이 외국어 학원도 다녔다.

수습 기간이 끝나고 그는 사회부에 배속되었다. 이제야말로 본격적인 사회생활이 시작되었다고 그는 생각했다. 사람들이 말했다.

"진급을 준비해야 해. 그러기 위해서는 자기 계발에 충실해야 하지."

그는 그렇게 했다. 주기적으로 서점을 찾아가 소통의 방법, 대화의 방법, 협상의 방법, 숨어 있는 자신의 능력을 찾는 법 따위의 책을 사서 읽었다. 전문 분야 교육원 수업도 수강했다. 그 시간은 의외로 길었다. 그즈음 친척의 소개로 한 여자를 만났다.

여자도 그의 행적과 비슷했다. 학원을 먼저 다녔고 피아노를 배웠으며 준비를 해서 대학에 들어갔고 또 준비를 해서 졸업을 하고 회사에 취직을 했다.

둘은 결혼했다. 사람들은 말했다.

"준비를 해. 그래야 나중에 행복하지."

그는 그렇게 했다. 아파트를 산 탓에 갚아야 할 큰돈이 생긴 데다 아이가 태어나면서 아내가 회사를 그만두었기에 더욱 열심

히 준비해야 했다. 멀고 힘든 곳의 취재도 기꺼이 응했으며 획기적이라고 평가받기 위해 기획을 하고 밤늦도록 기사를 썼다. 덕분에 동료들보다 더 많은 보수를 받을 수 있었다.

몇 년 뒤 둘째도 태어났다. 아이가 태어난 것은 그에게 행복감을 주었다. 퇴근하여 돌아가면 뛰어와 안기는 아이는 사랑스러웠다. 그러나 우는 소리에 잠이 깨면 괴로웠다. 아이가 웃으면 즐거웠지만 아프면 괴로웠다. 아내와 사이가 좋을 때는 즐거웠지만 그녀가 무언가를 요구하고 불평하면 괴로웠다.

그는 팀장이 되었고 후배들도 자꾸 들어왔다. 사람들이 말했다. "지금이야말로 중요한 시기야. 준비를 단단히 해야 해."

그들이 말하는 것은 노후 준비였다. 왜 늘 준비만 해야 하는 거지, 처음으로 반문이 생겼지만 거부감이 들지는 않았다. 사회 구성원의 상당수를 차지하고 있는 노인들의 특징을 잘 알고 있기 때문이었다. 그들도 부자가 있고 가난한 사람이 있고 그 중간도 있었지만 전체적으로 두드러지는 게 있었다. 권태와 무기력, 그리고 터무니없는 분노 같은 것이었다.

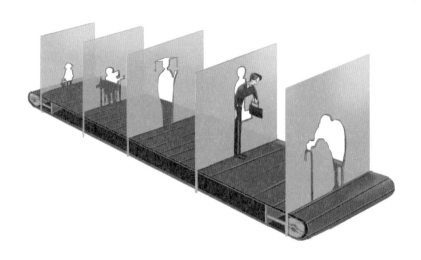

노후 준비는 부자가 되는 것을 의미했다. 그러나 그동안 만난 부자 노인들은 커다란 집에서 새벽에 잠이 깨고 점심이나 저녁 때는 고급 자동차를 몰고 가서 비싼 레스토랑에서 식사를 하지만 끝나면 다시 차를 몰고 집에 가는 게 전부였다.

그는 한때 좋은 것을 먹으면 사람 자체가 좋아질 거라고 막연히 생각한 적이 있었다. 이를테면 철갑상어 알이나 송로버섯 같은 것을 먹으면 사람이 맑아지지 않을까, 같은 거였다. 그러나 그런 것을 잔뜩 먹은 노인들도 끊임없이 남을 의심하고 자신의 뜻대로 되지 않으면 화를 냈고 사거리에서 다른 차가 지나가기를 기다려주지 않았다. 그는 어떤 노인이 되기 위해 어떤 준비를 해야 하는지 판단하기 어려웠다.

그즈음에 아버지가 병이 들었다. 최근에는 흔해져버린 종류의 병이었다. 병원에서는 스무 가지가 넘는 검사를 했다. 검사 하나를 끝낼 때마다 기력은 약해졌고 결국은 완치하기 힘든 병이라는 진단이 나왔다.

아버지는 지루한 치료를 시작했고 그럴수록 더 약해졌으며 상태가 두어 번 호전되기는 했지만 그저 죽이나 먹고 공원을 아주 천천히 산책할 수 있는 정도였다. 아버지가 모아둔 돈은 모두 치료에 들어갔다. 그도 적잖은 돈을 내야 했다. 3년이 지나고 아버지는 뼈만 남은 얼굴로 세상을 떴다.

열 번이나 벨이 울린 다음에야 아내는 전화를 받았다.

"어떻게 됐어?"

"어떻게 되기는. 지금 학교에서 나가는 길이야."

"무슨 일이래?"

"친구랑 싸웠는데 그 애가 좀 다친 모양이야."

"그래서?"

"그래서는 뭐 그래서야. 병원비 물어준다고 했지. 근데 정신적 피해보상을 해달라는 거야."

"……."

"……."

"당신 트레킹은 어떻게 했어?"

"못 갔지. 사람이 어떻게 두 가지를 동시에 해?"

아내의 억양은 한 번도 내려가지 않았다. 그는 다친 아이의 엄마가 얼마를 요구하는지 물었다.

"몰라. 따로 만나서 이야기하재. 그러지 않으면 고소하겠대."

"마무리를 짓지 그랬어."

"싫어, 당신이 해. 당신이 아빠잖아."

"아직 써야 할 원고가 있고 저녁에는 갈 곳이 있어."

"어디 갈 건데?"

저녁 식사 시간에 쿠니의 결혼식이 예정되어 있다고 그는 대답했다.

"그 원주민 여자는 왜 자꾸 만나는 거야, 그 여자가 아들보다 중요해?"

그는 얼른 대답하지 못했다. 그때 부장이 그를 찾아 올라왔기에 전화를 끊어야 했다.

부장은 그가 입사했을 때 지도해주던 팀장이었다. 그러니까 그들은 10여 년간 같은 사무실에서 지내며, 한 명은 다른 사람의 미래를, 또 한 명은 다른 사람의 과거를 살아온 셈이었다. 이 제는 기자가 팀장을 맡고 있다. 생소하고 멀어 보였던 자리가 자 신의 것이 되었지만, 그러는 사이 선배는 부장이 되었기에 차이 는 여전했다. 그 때문에 10년 뒤 바로 저 모습대로 자신이 살고 있겠다는 짐작이 가능하기도 했다.

"50주년 기념이라."

부장이 애드벌룬을 올려다보며 혼잣말처럼 중얼거렸다.

"내가 25년 동안 해놓은 게 우리 신문사의 나이 채우는 거였 어."

"……."

"참 열심히 해왔는데 말이야,"

기자가 보기에도 부장은 성실하고 열정적이었다. 부장이 그 런 것처럼 그도 회사 출근을 가장 중요한 덕목으로 삼고 살았다. 그것 때문에 아픈 아이를 챙겨야 한다거나 학교에 찾아가야 하 는 성가신 일에서 벗어날 수 있었다. 부부 싸움을 할 때도, 집안 에 어떤 일이 일어나도, 심지어 지인이 세상을 떴을 때도 출근을 해버리면 모두 벗어날 수 있었다.

"저녁에 한잔할까?"

부장은 남매를 두고 있는데 아들이 몇 년째 대학 진학에 실패하고 있는 중이었다. 그리고 그 역시 부부 관계가 좋지 않았다. 신문사 안에서 부부 사이가 좋은 경우는 찾기 힘들었다.

"아직 쓸 게 남았고, 그리고 결혼식에 가려고 합니다."

"결혼식?"

"쿠니 씨가 오늘 저녁에 결혼식을 올리거든요."

그는 쿠니의 두 번째 결혼에 대해 간단하게 설명했다. 부장도 그녀를 기억하고 있었다.

"사업에 성공했다더니 새로운 짝을 만난 모양이구만."

"손님이었던 남자가 청혼을 했다고 하더군요."

"굳이 가야 되는 거야? 결혼식이 취재거리도 아닐 테고."

"글쎄요. 이상하게 그 섬 사람들 생활이 계속 궁금해요."

서둘러 원고를 마친 그는 결혼식장으로 찾아갔다. 식은 단출

했다. 성직자와 몇몇 친구, '쿠니의 대화하는 집' 직원들, 옷감 장수 부부가 참석했을 뿐이었다. 기자는 옷감 장수에게 아들의 근황을 물었지만 그들은 대답하지 않았다. 성직자를 가운데 두고 쿠니와 사내는 서약을 한 다음 부부가 되었다.

기자는 예전 자신의 결혼식을 떠올렸다. 커다란 예식장, 수많은 하객, 넘쳐나는 음식, 화려한 장식과 장엄한 연주, 그리고 어떻게 살라는 덕담과 그렇게 하겠다는 다짐이 있었다. 거기에 비하면 쿠니의 결혼식은 초라할 정도였다. 차려놓은 음식도 몇 가지의 과자와 음료, 국수뿐이었다. 두 사람은 인사를 나누었다.

"행복하게 사세요."

그러나 행복이라는 단어가 정작 기자 자신에게는 공허하게 들렸다.

"와주셔서 고마워요. 그런데 피곤해 보이시네요."

"마음이 편치 않아서 그렇습니다."

"왜죠, 요즘도 부인이랑 불편하세요?"

쿠니는 기자의 고백을 기억하고 있었다.

2년 전 그는 '쿠니의 대화하는 집' 전신인 '쿠니의 이야기 들어주는 집'을 취재하러 찾아갔다가 자신도 모르게 속내를 털어놓았던 적이 있었다. 회식 때문에 늦었는데 화를 내는, 상사의 강압과 취재원을 찾아 도시를 뛰어다녀야 하는 피곤과 동료와의 경쟁 때문에 생기는 스트레스에 대하여 설명하려고 해도 듣지 않는 아내에 대해. 그리고

"당신은 일방적으로 설득만 하려고 해. 그게 무슨 대화야?"

"맞아, 나는 당신을 설득하고 싶어. 이해받고 싶단 말이야."

"지겨워. 듣기 싫어."

이런 대화들까지 말했고 자신이 생각한 결혼은 이게 아니었으며 사랑하는 마음은 온데간데없이 사라지고 괴로운 마음만 가득하다고 덧붙였다. 그때 쿠니는 자신의 가게 이름대로 듣기만 했다. 털어놓고 나자 마음 한쪽이 편안해지는 것을 느꼈고 약간 머뭇거리다가 돈을 두고 일어섰던 것이다.

"뭐, 큰 차이 없이 지내는 중이죠."

쿠니는 잠깐 기다리라는 신호를 하고는 칵테일 잔 두 개를 가지고 와서 앉았다. 그것은 이야기해보라는 뜻이었다.

"참 혼란스러워요. 어릴 때부터 전 늘 준비하면서 살았어요. 준비를 해야 행복해진다고 배워서. 그래서 그런지 행복한 순간이 지금까지 없었던 것 같아요."

그는 오늘 있었던 일과 살아온 과정에 대해 이야기를 덧붙였다. 듣고 난 쿠니가 대답했다.

"저도 그래요. 우리가 살던 화산섬에는 행복이라는 말이 없었어요. 그러니 그 단어가 무엇을 뜻하는지는 정확히 모르겠어요."

이번에는 기자가 들었다.

"이곳에 와서 사랑하는 사람을 만났죠. 그 사람이 보고 싶고 만나면 기분이 좋았어요. 아마 그런 걸 행복이라고 말하겠죠?"

기자는 고개를 끄덕였다.

"하지만 제 결혼 생활은 그렇지 못했어요. 생각과 버릇이 부딪쳐서 자주 다퉜지요."

쿠니가 첫 번째 남편과 헤어진 과정은 취재하면서 알고 있던 것이었다.

"어느 날 텔레비전에서 이런 말이 나왔어요."

'가족과 함께 이곳으로 이 음식을 먹으러 가세요, 그러면 행복해집니다.'

"행복해지는 방법이 텔레비전에 나왔어요. 저는 가게와 음식이름을 적기 시작했죠. 그러다 보니 적을 게 무척 많더군요."

'이곳으로 이런 여행을 떠나세요, 그러면 행복해집니다.'
'병이 생길까 봐 불안하시죠? 이 보험을 드세요, 그러면 안심이 됩니다, 행복이 찾아옵니다.'
'돈 필요하세요? 빌려드립니다, 이 돈으로 행복을 찾으세요.'
'행복해지고 싶으세요? 그러면 이곳에 투자하세요, 책임지겠습니다.'

'아이에게 이것을 사 주세요. 아이가 행복해합니다.'

'이 냉장고를 사세요, 주부가 행복해지는 비결입니다.'

'미래가 불안하시죠? 우리에게 맡기십시오, 행복을 보장합니다.'

'우리 당이 앞서서 이런 법을 만들겠습니다, 여러분을 행복하게 해드리겠습니다. 지지해주십시오.'

《행복해지는 백 가지 방법》이라는 책을 읽었어요. 정말 행복이 물밀듯 밀려오더군요. 강력히 추천합니다.'

"행복해지는 방법이 그렇게 많은지 정말 몰랐어요."

그녀는 말을 이었다.

"하지만 맛있다는 집은 너무 비싼 데다 복잡했고 여행은 직장 때문에 가기 힘들었으며 아이는 태어나지 않았고 무엇을 사는 것은 남편이 반대를 했죠. 우리는 행복해지는 방법을 시도할수록 지쳐갔고, 그리고 헤어졌죠."

누군가 건배 제의를 해서 두 사람은 들고 있던 잔을 들어 올린

다음 한 모금씩 마셨다.

"행복이란 게 실체가 없는 거란 걸 나중에 깨달았어요. 단지 시간이 지나고 나서야 '아, 그때가 행복했구나' 정도밖에 없잖 아요?"

"그렇지요."

그는 자신이 읽었던 어느 책에 그런 말이 있었다는 것을 막연 하게 생각했다.

"우리 섬에서는 법이 단 한 줄만 있다는 거 기억하시죠?"

"기억해요. '어느 누구도 어느 누구보다 높지 않다'이죠."

"맞아요, 그게 다예요. 우리는 그것만으로 살아도 충분했어 요."

사람들이 그녀를 불렀다. 기자는 일어섰다.

"결혼식을 올리면 보통 여행을 가는데 어디 가실 계획인가 요?"

"딱히 없어요. 기회가 된다면 우리 섬에 한번 다녀오고 싶긴 해요."

"정부의 해양조사선이 그쪽으로 한 번씩 갈 계획인 것 같던데 제가 한번 알아보죠."

"반가운 소식이군요. 고마워요."

기자는 일어서서 밖으로 나왔다. 웃음소리가 바깥까지 들렸다.

작가의 말

오래전, 20대 후반에 대전 신시가지 연립주택 공사 현장에서 일을 하고 있었습니다. 어느 날 점심시간에 신문 하나가 제 손에 쥐여졌습니다. 보통은 서둘러 밥을 먹고 잠깐 낮잠을 자곤 했는데 그날은 그러지 않았습니다. 그 신문에, 현재 〈녹색평론〉 발행인으로 계신 김종철 선생님의 칼럼이 실려 있었기 때문입니다.

칼럼의 제목은 〈단 한 줄의 법조문만 있는 나라〉였습니다. 남대서양 화산섬인 트리스탄 다 쿠냐 섬 이야기였습니다. 그 섬에 잠시 주둔했던 영국군이 거친 환경 탓에 철수를 했는데 한 하사관 가족이 남아 공동체를 꾸렸다는 것이었죠. 그곳의 법은 단 한 줄이었습니다. 아마 '누구도 특권을 누려서는 안 되고 모든 사람은 평등하게 간주 된다'였을 겁니다.

그 칼럼을 가위로 오려 오랫동안 지니고 다니면서 읽고 또 읽었는데 이사와 이동이 잦았던 탓에 언젠가부터 보이지 않았습니다. 정확한 인용이 어렵습니다만 그 내용은 가슴속에 깊이 박혀 있습니다. 특권 없이 주민 전체가 공평하게 사는 모습이 너무 아름다웠으니까요.

7, 8년 전쯤 '민주화운동기념사업회'의 유혜선 선생님이 연락을 해왔습니다. 시민사회 구성원의 덕목에 대하여 우화풍 소설을 써달라는 거였죠. 어려운 주문이라서 거절했지만 결국 설득당하고 말았습니다. 먼저, 쿠냐 섬을 모델로 한 편을 썼고 의견을 듣고 고치는 우여곡절 끝에 또 다른 한 편도 썼습니다. 이를테면 '이야기 들어주는 집' 아이디어는 유 선생님과 동료분들의 의견이었습니다.

당시는 MB 정부 초기였습니다. 해야 할 것은 안 하고 절대 해서는 안 되는 것을 불도저처럼 밀어붙이던 시절이었죠. 기획은 '민주화운동기념사업회'에서 거부되었고 심지어 그분들은 그곳마저 떠나야 했습니다. 제 원고도 흐지부지되었죠. 시간이 흘렀습니다. 그 발상에 전염된 저는 혼자서 작업을 진행했습니다. 드물게 한 편씩 써서 이곳저곳에 발표를 했던 겁니다.

발표 지면은 이렇습니다.

〈그 나라로 간 사람들〉: 〈대산문화〉(2009년 겨울호), 〈쿠니의 이야기 들어주는 집〉: 〈황해문화〉(2010년 겨울호, 발표 당시 '쿠니의 집'), 〈그 아이〉: 《끝까지 이럴래》(2010년 10월, 한겨레문학상 수상작가 작품집), 〈다시 그곳으로〉: 〈현대문학〉(2013년 6월호), 〈행복이라는 말이 없는 나라〉: 〈녹색평론〉(143호, 발표 당시 '기자의 하루').

원고를 쓰면서 전반적인 현실 인식부터 세세한 부분까지 〈녹색평론〉에 많은 빚을 졌습니다. 특히 〈그 아이〉의 욕하는 부분과 〈행복이라는 말이 없는 나라〉의 재벌 총수 소재는 거의 빌려온 것입니다. 출처를 밝혀야 합니다만 막연히 기억만 하기에 다시 찾는 데 실패하고 말았습니다. 죄송합니다.

김종철 선생님과 훌륭한 필자분들, 기획을 하신 유 선생님과 그 동료분들이 아니었으면 이 책은 나오지 못했을 것입니다. 진심으로 감사드립니다. 그리고 한겨레출판사와 힘들게 그림을 완성해준 한단하 씨에게 고마움을 전합니다.

이 원고는 아직 완성이 아닙니다. 언제 마무리될지, 마무리되기는 할지도 알 수 없습니다만 시민사회의 중요한 가치가 거듭 무시되고 파괴되고 있는 이 시점에서 일단 내야겠다고 생각했습니다. 이러다가 어제가 오늘보다 더 나았다고 말을 해야 할 것만 같으니까요.

간절하게, 좋은 세상을 꿈꿉니다.

2016년 초여름,
거문도에서 한창훈

행복이라는
말이 없는 나라

ⓒ 한창훈, 한단하 2016

초판 1쇄 발행 2016년 7월 4일
초판 5쇄 발행 2019년 7월 9일
개정판 1쇄 발행 2022년 3월 10일
개정판 2쇄 발행 2023년 7월 10일

지은이 | 한창훈
그린이 | 한단하
펴낸이 | 이상훈
문학팀 | 최해경 김다인 하상민
마케팅 | 김한성 조재성 박신영 김효진 김애린 오민정

펴낸곳 | (주)한겨레엔 www.hanibook.co.kr
등록 | 2006년 1월 4일 제313-2006-00003호
주소 | 서울시 마포구 창전로 70 (신수동) 화수목빌딩 5층
전화 | 02) 6383-1602~1603 팩스 02) 6383-1610
대표메일 | munhak@hanien.co.kr

ISBN 979-11-6040-784-6 03810

※ 책값은 뒤표지에 있습니다.
※ 파본은 구입하신 서점에서 바꾸어 드립니다.
※ 이 책의 일부 또는 전부를 재사용하려면 반드시 저작권자와 (주)한겨레엔 양측의
   동의를 얻어야 합니다.